· 江苏省名中医专家
· 赵杨名中医传承工作室

赵杨临证经验集

主编·陆艳　　主审·赵杨

参编人员

黄　迟	张臻年	梁　艳	唐莉莉	俞　悦
惠　振	张敬华	李建香	徐成成	王苏雷
吉　婷	韦楚楚	王李润	王　省	周　盈
肖　艮	张小雪	项寅瑶	杨　乐	邹丽萍
李丹梅	魏宇晴	张同同	黄赛男	

东南大学出版社
SOUTHEAST UNIVERSITY PRESS
· 南京 ·

图书在版编目(CIP)数据

赵杨临证经验集／陆艳主编．—南京：东南大学
出版社，2023.4

ISBN 978-7-5766-0377-4

Ⅰ.①赵… Ⅱ.①陆… Ⅲ.①中医临床-经验-中国
-现代 Ⅳ.①R249.7

中国版本图书馆 CIP 数据核字(2022)第 232217 号

赵杨临证经验集

Zhaoyang Linzheng Jingyan Ji

主　　编	陆　艳
出版发行	东南大学出版社
社　　址	南京市四牌楼 2 号(邮编:210096,电话:025 - 83793330)
责任编辑	褚　蔚
责任校对	子雪莲　**封面设计** 王　玥　**责任印制** 周荣虎
经　　销	全国各地新华书店
印　　刷	广东虎彩云印刷有限公司
开　　本	700mm×1000mm　1/16
印　　张	12
字　　数	150 千字
版　　次	2023 年 4 月第 1 版
印　　次	2023 年 4 月第 1 次印刷
书　　号	ISBN 978-7-5766-0377-4
定　　价	58.00 元

本社图书若有印装质量问题,请直接与营销部联系,电话:025 - 83791830

目 录

CONTENTS

第三篇　赵杨教授临证经验及验案

第一篇

赵杨教授及其工作室介绍

赵杨教授从医生平传略

赵杨，男，1964年4月生，江苏通州人，中共党员，医学博士，南京市中医院主任中医师，南京中医药大学教授、博士生导师。1987年7月毕业于南京中医药大学中医学专业，毕业后一直在南京市中医院从事中医脑病临床工作，刻苦的学习和长期的临床实践，使他学识渊博、才华过人。平素有较为扎实的中、西医脑病理论基础，工作作风踏实，科研思路活跃，毕业后在《江苏中医药》《中国神经科学杂志》《临床神经病学杂志》《国外医学·脑血管疾病分册》等杂志上发表论文数篇。1999年9月至2001年7月参加南京中医药大学研究生课程班学习，获中医内科学硕士学位。2000年11月聘为南京市中医院副主任中医师。2003年9月至2006年6月于南京中医药大学全脱产攻读中西医结合博士学位，师从施广飞教授。2007年7月聘为南京市中医院主任中医师。2006年7月至今任南京市中医院脑病科科主任。现任中华中医药学会脑病分会常务委员、中国医师协会中西医结合分会神经病学专家委员会常务委员、江苏省中医药学会脑病专业委员会主任委员、江苏省中西医结合学会脑心同治专业委员会副主任委员、南京市中医药学会脑病专业委员会主任委员、江苏省医学会神经病学分会帕金森及运动障碍疾病学组委员等职。

自任南京市中医院脑病科科主任以来，赵主任带领科室成员总结了中风后五大功能障碍，包括中风后肢体功能障碍、言语功能障碍、吞咽功能障碍、尿便功能障碍及情感智能障碍，同时加强专科中药制剂及剂型研究,总结开发新的制剂和剂型,形成南京市中医院独特的中风系列自制剂:中风急救合剂、偏瘫复原合剂、中风球麻合剂、中风消积合剂、四神饮,极大地提高了中风患者的生活质量,降低了中风的复发率及致残率。作为一名老党员,在思想上,赵主任自觉加强政治理论学习,提高党性修养,有很强的政治意识、责任意识、大局意识;积极参加各项活动,以党员的标准衡量自己,牢记医务工作者"救死扶伤,实行革命的人道主义"的神圣职责,并将其贯穿到自己的医疗生涯中,工作作风严谨,为人正派,行医廉洁,勇于创新,认真负责,热爱医疗事业,团结同志,同情病人。在行医过程中坚持"三不"原则:不收病人及其亲友的礼金、礼品;非病情特别需要不开大处方;不迎合病人求治心理而贬低其他医生。

工作以来,赵主任分别于 1996 年 3~5 月在南京鼓楼医院急诊内科,1997 年 2 月至 1998 年 1 月在南京脑科医院神经内科,2001 年 9 月至 2002 年 2 月在上海长海医院神经外科进修学习,回科后开展脑血管造影术、颅内外支架成形术、急诊动脉溶栓治疗及动脉瘤栓塞术,完善了中风病的急救、康复医疗队伍:由中医医师、针灸医师、介入医师、微创引流医师、影像学医师、神经内外科医护人员、运动和作业及语言康复治疗师、心理康复医师等组成。并在前任领导的基础上提出了"一突出、二介入、四结合"的专科发展方向,即突出中医特色;中风早期康复介入,脑血管造影、支架术的介入;针灸与中药结合,急救与康复结合,神经内、外科结合,中医与西医结合。"为人民服务"已落实到赵杨教授工作的每一天。无论疾病多么复杂,患者的表述多琐碎,他总能做到心中明了,临证不乱,细究病情,严谨辨治,合理用药。在专家门诊、专病门诊,经常可以看到他亲自带患者到其他科室门诊找医生会诊,在行医过程中从不夸大中药的作用,始终坚持"能用中药则用、不能则选择西药与中药结合"的治疗方案。他用温和的语气详细告知病情,安慰患者;让病人充分了解自己的疾病,解除不必要的顾虑和烦恼;为患者树立战胜疾病的信心,获得了患者的理解和信任。在医院繁忙工作的同时,他也积极投身于各级中医药学会工作,积极参与各项社会公益活动。

赵杨教授先后两次获政府资助,于 2010 年 4 月至 6 月在奥地利威廉海明娜医院、2012 年 4 月至 9 月在美国纽约长老会医院哥伦比亚大学医学中心访学。回国后首开颤证(帕金森病)专病门诊,搭建了帕金森病多学科诊治平台,建成了专病管理数据库,成立了帕金森病患友俱乐部,定期普及帕金森病的相关知识,建立通畅的医患沟通渠道,完善了帕金森病治疗、康复、护理及科研团队。为青年医师搭建了高水平的学术平台,在这个平台上,完成帕金森病诊治经验的交流与分享,学习与探索,同时开展多中心临床研究,参与或主笔撰写了具有中西医结合特色的帕金森病诊疗规范,更好地服务广大帕金森病患者。

赵杨教授主持多项省部、厅局级科研项目,参加国家重点研发计划"重大慢性非传染性疾病防控研究"重点专项研究,被评为"江苏省第二批中医药领军人才",曾多次荣获"江苏省医学新技术引进奖""江苏中医药科学技术奖"等科技奖项。2006 年被评为南京首届优秀青年中医工作者。2007 年被南京市卫生局评为南京市名中医。2011 年被中华中医药学会评为全国中医师诵经典学名著活动标兵。2020 年获"江苏省名中医专家"称号。目前发表 SCI 及中文核心论文 100 余篇,主编及副主编专著各 4 部,参编专著 4 部,申请专利一项,至今已培养硕士 41 名、博士 6 名。

"道生于静逸,德生于谦和,慈生于博爱,善生于感恩,福生于淡泊,乐生于健康,命生于平实",赵杨教授把这句话当成自己的座右铭,同时每一位研究生毕业时,他总会赠送相同的话语,这就是他的真实写照,他认为:静逸的生活会演发出道的根本,谦和的秉性能培养大德之人,拥有博爱的心的人一定拥有慈爱的心,懂得感恩的人一定是善良的,淡泊的心态会让人知道什么是知足、知福,知道如何快乐的人一定拥有健康,生命的真谛即是平实。赵杨教授以其高尚的人格、深厚的学养、精湛的医术、卓越的贡献而为中医脑病同仁所折服。作为一代承上启下的中医人,他对中医事业的整体发展具有不可或缺的作用。

经过多年的临床观察,赵杨主任发现早期帕金森病患者的证型以肝肾不足为主,中晚期帕金森病患者证型以阴阳两虚证多见,故在临床运用滋补肝肾、阴阳双补之法,创立温肾养肝方,并在此基础上结合我科特色针刺疗法,对改善帕金森病患者的运动症状及非运动症状获得一定疗效。在赵杨主任的带领下,我科首开中医院颤证(帕金森病)专病门诊,在规范化诊治的同时,积极探索运用中医药干预、提高临床疗效的途径。通过相应的网络信息化管理,建立了较为完善的帕金森病临床数据库,并对患者定期随访、及时追踪,动态观察患者病情变化及疗效,为临床研究打下了良好的基础。在临床研究的同时,对温肾养肝方及其主要单体成分松果菊苷的多巴胺神经保护作用机制开展了实验研究,取得了一定的科研成果。(目前温肾养肝方的相关项目已培养博士 2 名、硕士 22 名。相关的课题包括国自然青年项目、省卫计委、市卫计委各 1 项。发表相关论文 30 余篇,其中 SCI 10 篇。)

赵杨名中医工作室简介

赵杨名老中医药专家传承工作室（名中医工作室）于 2017 年获批，在医院领导的关心和支持下，完成了工作室的基本条件建设：名老中医专家诊疗室、示教观摩室、名老中医药专家资料室，并配置电脑、网络、声像采集系统等硬件设施（工作室照片见下）。工作室的主要任务为系统地整理、研究名老中医的学术思想和临床经验，传承名老中医的学术经验，培养中医药人才，推动专科建设与发展。工作室成员分工明确，相互配合，收集整理原始资料，制定临床诊疗方案、提炼学术经验、撰写学术论文、出版经验著作等。

工作室内部场景

目前工作室成员共 10 名,均为临床医疗、科研、教学骨干。其中:主任中医师 2 名,副主任中医师 7 名,主治中医师 1 名;医学博士 8 名,医学硕士 2 名;第五批国家级师承学员 1 名;江苏省优秀青年中医人才 1 名,南京中医药青年人才 3 名;江苏省省名中医 1 名。近 5 年发表学术论文 19 篇(第一作者),主编和参编专业著作 5 部,主持和参加国家级、省部级、院级课题 7 项。

工作室成员合照

工作室在赵杨教授的带领下,举办了经验交流会,并定期开展学术活动,包括专题学习和疑难病例讨论。每月进行 4 次学习活动,分为 3 次专题学习和 1 次疑难病例讨论。工作室成员轮流就中医脑病、神经病学等前沿和基础知识进行资料汇集,制作课件,集中学习。遴选赵杨教授门诊及病房疑难病例进行集中讨论,制定诊疗方案,总结经验。

工作室成员开会讨论书稿（图片正中为赵杨教授）

工作室日常工作包括赵杨教授专家门诊、帕金森专病门诊、教学门诊和查房、医学科普讲座、社区义诊等。赵杨教授专家门诊，成员轮流跟诊，进行病例、处方、影像原始资料收集并整理分析。赵杨教授自美国归国后，在国内率先开展帕金森专病门诊，全方位、全程跟踪管理帕金森病患者。赵杨教授定期针对其典型案例向工作室成员进行分析讲解，提升工作室整体业务水平。同时，工作室成立帕金森患友俱乐部，建中风患者康复交流群、眩晕患者随诊群，开展各种形式的医学科普活动。赵杨教授带领工作室成员多次赴周边小区进行义诊活动，送医送药，服务广大居民群众。

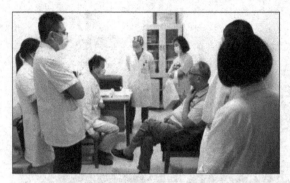

赵杨教授帕金森病门诊

赵杨教授社区义诊

赵杨教授与外国友人讨论

赵杨教授在讲课

　　工作室成员多为各级学术团体或协会成员:赵杨教授任江苏省中医药学会脑病专业委员会主任委员,张臻年任副主任委员,唐莉莉任秘书;李建香任江苏省中西医结合学会脑病专业委员会秘书,陆艳任委员。南京市中医院脑病科在赵杨科主任带领下被评为"十一五""十二五"国家重点专科、省重点学科、江苏省中医学会脑病专业委员会主任委员单位;工作室的帕金森团队成为中国帕金森联盟成员;工作室成员参加南京市医学会神经病学分会季度疑难病例讨论、南京市帕金森病协会联合会诊以及国内外各级学术会议;工作室自成立以来成功举办三期赵杨主任经验学习研讨班。

工作室成员与赵杨教授在教师节合影

江苏省人民医院、南京脑科医院、
南京市中医院联合会诊

工作室举办讲座后集体合照

主要学术继承人简介

陆艳，女，1981年生，主任中医师，医学科学、临床双博士。中华中医药学会翻译分会委员，江苏省中西医结合脑病分会青年委员，江苏省中西医结合青年中医分会委员，第五批国家级名老中医师承项目学员，第二批省级名老中医师承项目学员。曾作为德国哥廷根大学附属医院、英国伦敦皇家自由医院、英国国立神经及神经外科医院访问学者进修学习。主持国自然青年基金项目等科研课题共5项，发表SCI及核心期刊论文20余篇，主编专著2部，申报专利3项。2019年获批为全国中医药创新骨干人才项目培育对象，2020年获批为南京市中青年拔尖人才，2021年入选国家中管局中医药国际化人才培养对象。长期从事脑病科临床工作，2008年起师承赵杨教授，擅长运用中西医结合诊治脑血管病如脑梗死、脑出血、眩晕，及神经变性疾病如阿尔茨海默病、帕金森病等临床常见疾病。

黄迟，男，1977年生，主任中医师、副教授，中华中医药学会脑病专业委员会青年委员，江苏省中西医结合学会脑病专业委员会委员，南京市中医药学会脑病专业委员会委员。有强烈的事业心和进取心，对技术精益求精，一直致力于中医脑病及脑血管病的临床、教学工作。从医20余年，在中医及中西医结合诊治中风、眩晕等方面具有丰富的研究及经验。2006年起师承赵杨教授，主要研究方向为中西医结合神经血管介入治疗技术治疗急性卒中。

赵峰，男，1980 年生，副主任中医师、医学硕士，中华中医药学会神志病分会青年委员，主持及参与省市级及校级课题 3 项，发表论文3 篇，长期从事脑病科临床、教学工作，擅长脑血管病急救及眩晕病、失眠病、头痛病的中西医结合诊治。

张敬华，男，1981 年生，医学博士、副主任中医师，江苏省中西医结合学会脑心同治专业委员会委员，世界中医药学会联合会中医治未病专业委员会委员。师承南京市名老中医张钟爱教授。曾在全国知名神经内科中心——北京宣武医院神经内科进修 1 年，目前主持省级课题在研 3 项、市级课题 1 项，参与国家自然基金项目 1 项，省级 2 项，申报专利 2 项。编写专著 2 项，发表 SCI 2 篇，期刊论文 20篇。从事中风多专业一体化平台建设，认知障碍的评估，临床擅长中西医结合治疗中风、癫痫、周围神经病及认知障碍疾病。

李建香，男，1983 年生，医学博士、南京市中医院副主任中医师、南京中医药大学副教授。中华中医药学会神志病分会青年委员，中国中西医结合学会神经科专业委员会青年委员，中国中医药研究促进会脑病学分会委员。目前作为主要负责人参加江苏省自然科学基金 1 项，主持厅局级课题 3 项。发表学术论文 20 余篇。从事脑血管疾病多专业一体化诊治、各种眩晕疾病中西医结合诊疗、眩晕手法复位、急性脑血管病抢救治疗、脑梗死溶栓治疗等，尤其擅长中西医结合诊治中风、眩晕、失眠以及口腔黏膜疾病。

惠振，1983 年生，医学博士、副主任中医师，中华中医药学会会员，阿尔茨海默病防治协会会员，"十三五"南京市卫生青年人才培养对象，第四届江苏中医药优秀青年之星，主持国家自然科学基金青年基金 1 项，南京市科委课题 1 项，发表学术论文多篇，其中 SCI 收录3 篇。擅长中西医结合、针灸等方法治疗中风及眩晕等神经内科疾病。

俞悦，女，1983 年生，副主任中医师、医学博士。2013 年毕业于湖南中医药大学，师从蔡光先教授及刘柏炎教授。在核心期刊发表论文 8 篇，其中 SCI 收录 1 篇。擅长运用现代医学诊疗技术如眼震视频图、多导睡眠监测等中西医结合方法诊治中风、眩晕等疾病。

唐莉莉，女，1985 年生，医学博士、副主任中医师，现任江苏省老年医学学会神经病学分会青年委员、南京中医药学会脑病专业委员会秘书、南京医学会神经病学分会帕金森病及运动障碍学组委员。擅长运动障碍疾病、脑血管病、眩晕病、睡眠障碍、周围神经病等神经内科疾病的诊治。

梁艳，女，1984 年生，医学博士、副主任中医师，江苏省中医药学会脑病分会青年委员，擅长中西医结合诊治中风病、神经免疫疾病、帕金森病及运动障碍疾病等。

徐成成，男，1988 年生，江苏徐州人，南京中医药大学在读博士，南京市中医院脑科主治中医师，擅长运用中西医结合诊治脑血管病如脑梗死、脑出血、眩晕，及神经变性疾病如阿尔茨海默病、帕金森病等临床常见疾病。

第二篇

赵杨教授对中医脑病诊治的
继承与发展

卒 中 诊 治

南京中医药大学附属南京中医院(南京市中医院)治疗中风病的历史源远流长。20世纪70年代,全国名老中医谢昌仁教授运用"通腑泻浊法"治疗中风病急性期患者,80年代率先开展颈动脉穿刺注射中药治疗中风病;90年代,李继英教授运用"活血化瘀法"治疗急性出血性中风,"通脑活络"针灸法、自制制剂"四神饮"治疗缺血性中风,均获较好疗效。南京市中医院脑病科在南京市民中享有良好的声誉,流传着"看中风,到市中"的说法。

随着社会的进步、医学模式的改变,医生们认识到中风病仅仅依靠某一种治疗手段是不可能为患者带来最大益处的,中风病的诊断和治疗均需要多学科协同完成。20世纪90年代末,在院领导的大力支持下,李继英教授借鉴国外卒中单元的模式,结合本院具体情况,组建了脑血管病中心(即现在的脑病科前身),成立了华东地区首家"中医卒中单元"(相关报道可见2002年8月《健康报》,2004年5月24日《扬子晚报》),旨在通过多学科的整合,发挥中医药优势,解决西医卒中单元模式尚未解决的难题,最大程度地改善中风病患者的预后及生活质量。经过多年的不懈努力,在赵杨教授的领导下开设了中风病专科门诊,建立了中风病绿色通道,完善了卒中单元,形成了鲜明的中风病中医多学科诊治特色和优势,初步形成了较为稳定的诊疗体系。

中风病多学科协作（multi-disciplinary team，MDT）模式的运作及实施，极大地方便了病人，显著提高了中风病的疗效，强化了科室建设，扩大了医院的知名度。脑科病床数由成立初期的 30 张增加到了目前的 190 张，同时增加了神经重症监护病房（NICU）、康复治疗室和高压氧舱，更新并添置了多台神经电生理设备。

一 多学科协作模式的运行

（一）以病人为中心，打破分科体制，建立一体化诊疗模式

赵杨教授在诊断和治疗上，遵循多学科协作、突出中医、系统全面的原则，强调多学科综合治疗的理念，打破既往的治疗手段，进行分科的体制，建立以病种为单位的"一站式"多学科诊疗模式，邀请多个学科合作，为中风患者提供一体化诊疗模式，让所有的治疗在同一张病床上完成，极大地方便了患者，显著提高了疗效。这种以病人为中心，将多学科、多专业人才重新组合形成团队，来处理一个疾病的模式，已显示出其创新性的生命力。

（二）实施管理

1. 组织管理

（1）多学科协作

中风病多学科协作由分管副院长负责。学科及专业组的设置原则是：只要对中风诊治有利，就可以设置并纳入。

中风病 MDT 专业组成员来自急诊科、神经内科、神经外科、针灸科、康复科和放射科、检验科等。2008 年，因为开展卒中后便秘及帕金森病便秘的临床研究，由此还增加了肛肠科医师。其中，脑病科

成员包括神经内、外科医师、神经介入医师、中医师、针灸医师、康复医师及康复治疗师等，分为介入组、内科组、外科组、综合康复组及护理组，由脑病科主任统一管理。

科室内各专业医师在赵杨教授的带领下，每周对重点病人进行1～2次病例讨论，共同商讨并制定诊疗方案。脑病科定期与相关科室会晤，商讨、协调团队的运作、相关病例的诊治方案等。

（2）制定诊疗流程及路径

制定相关的诊疗流程及路径图，建立中风病急救及治疗的绿色通道。各相关科室及脑病科的各专业组分工明晰，均有相应的发展计划，同时明确各自的职责。具体实施按照中风病诊疗流程及路径图进行。

（3）绩效考核，高效运转

赵杨教授制定了详尽而系统的绩效考核指标，并进行严格考察。绩效考核的最终目的在于促进中风病 MDT 更高效率的运转，最大程度地促进卒中病人康复，缩短疗程，降低致残率，减轻致残度，减少并发症，同时整体绩效评价遵循医院的协调与安排。通过对中风病 MDT 绩效指标的分析，促进了整体运作水平，它是在中风病 MDT 组织构建过程中实际体现组织活力的重要催化剂。

2. 实施程序

（1）中风病专病门诊

除了日常门诊外，专科门诊进行的工作主要包括：① 一、二级预防；② 中风病的治疗；③ 病人教育与康复指导。

（2）中风病绿色通道

赵杨教授针对脑血管病急性期做好急诊转运工作，建立绿色通道及急诊标准操作规程：在院外转运急性中风病患者期间，急诊服务人员与中风病中心保持密切联系;对急诊服务转运来的患者,在急诊科进行快速有效的评估和分诊;建立 24 小时服务的急性中风病医疗小组(由介入组、内科组、外科组及护理组的部分成员组成);保持 24 小时畅通的操作流程。

3. 建立卒中单元

(1)中风病病房构成包括:重症监护室,中风病普通病房、康复治疗室等;

(2)制定并完善卒中单元文件:包括相关指南、急性中风病诊疗路径、量表等;

(3)建立中风病小组:制定诊治路径、协调诊疗问题、探索新的综合方法,评价疗效;

(4)卒中单元管理:诊疗实施及协调、解决运作中的问题;

(5)中风病登记。

(三)发挥脑病专科特色优势

赵杨教授在实践过程中有计划地对诊治流程和病房及门诊布局进行重组和整合,优化服务流程,向专科化、信息化、网络化和一站式服务管理发展。通过十余年的不断完善,目前已形成"一突出、二介入、四结合"的专科优势和特色,即突出中医特色;中风早期康复介入、脑血管介入治疗;针药结合、急救与康复结合、中医与西医结合、神经内外科结合。科室坚持突出中医诊治特色,发挥中医疗效优势,增强多学科综合诊治及服务能力,不断提高临床诊疗水平。

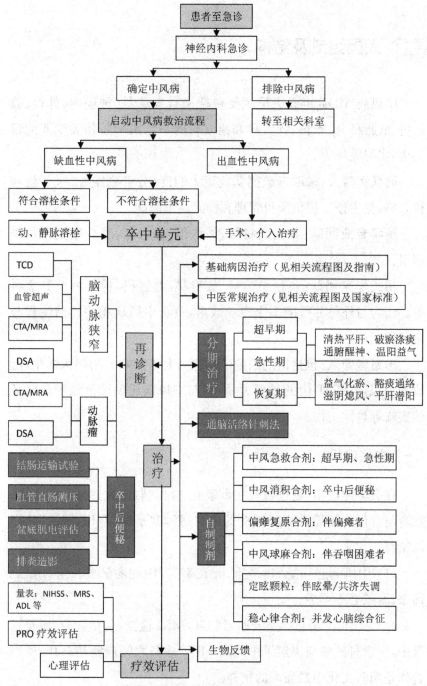

注：浅灰色为体系流程，深灰色为优势诊疗技术及研究

中风病诊疗体系流程图

二 人员组成及结构

中风病 MDT 组成成员主要包括来自急诊科、神经内、外科、放射科、肛肠科、检验科、针灸科和康复科的临床医师及相关专业的研究生、实习医师等。

团队负责人：采取三级团队负责人制度(分管副院长、医务处和科教科、科主任)，担负项目管理和模式统筹职能。

脑科专业团队：分为内科组、外科组、介入组、综合康复组及护理组。

相关专家团队：包括急诊科、放射科、肛肠科、检验科及针灸科等。作为与外科并行的多个专业成员，负责中风病相关诊治流程与路径的制定。

志愿者团队：包括住院医师、研究生、七年制和五年制医学生，已成为中风病 MDT 中的重要力量，参与中风病相关诊治流程与路径的实施等具体工作。

(一) 文化建设

在文化建设中，赵杨教授注重敬业、合作精神、表达与沟通能力、宽容与合作的品质及全局观念的培养，强调"奉献、合作、展示"的团队精神。

(1) 中风病起病急、病情重、死亡率高，因此团队成员必须招之即来，奉献必不可少。

(2) 从"120"至急诊室开始，到 CT/MRI 检查，包括针灸、康复过程中，多学科的参与决定了中风病 MDT 成员之间应密切合作，所以合作是团队文化中最强调的精神。

（3）展示个人特长通常被传统文化视为另类，但赵杨教授强调团队成员在诊疗过程中充分展示自己的特点，提高个人成就感和自信心，将个体的每一个进行的动作让团队了解，再用集体的价值观指导个体发展，从而发展为集体荣誉感，增强团队凝聚力。

在中风病 MDT 建设、完善过程中，逐步形成"奉献、合作、展示"的团队精神，增强团队凝聚力。其宗旨是通过团队的合作、奉献和永无止境的专业追求，实现"看中风，到市中"的团队目标。

（二）设备及人员

（1）中风病 MDT 集超早期、急性期、恢复期治疗及二级预防于一体，目前既有设备较为先进的重症监护室，也有器械较为完备的中风康复治疗室，再加上医院配备的 CT、MRI、DSA 等医疗设备，从硬件上为中风病 MDT 提供了强有力的保证。上述一系列设备亦为中风病 MDT 专业团队文化建设提供了强大的物质基础。

（2）脑病科拥有一支健全的急救队伍，内含神经内、外科医师，神经介入医师，影像学医师，护理人员，中医针灸医师等。这支队伍可以随叫随到，若有急性中风病人，急救人员 30 分钟内即可到位，极大地改变了普通民众认为的"中医院只看慢性病"的传统观念。"时间就是大脑、中风急救为先"的观念，深深地印入每一个专业团队成员的脑海，并支配着他们的工作及生活时间，这种救死扶伤的时间观念和时刻为了卒中病人的专业奉献精神，已形成中风病 MDT 专业团队文化中的时间文化现象。

（3）脑病科还有一支中风病的综合康复小组，内含中医、针灸、推拿医师，运动康复（PT）、作业康复（OT）、语言康复（ST）治疗师，心理康复医师以及康复评定医师，中风病人经中西医综合康复治疗后可以得到最大程度的康复。

赵杨教授带领的团队能对中风病作出迅速而准确的诊断,对缺血性中风、出血性中风、蛛网膜下腔出血等急性中风病进行有针对性的手术或介入治疗,坚持中医药辨证施治原则,采用多途径给药方法,对中风偏瘫病人进行中西医结合早期康复训练,强调防治、救治、康复等多环节的医学综合措施,这是团队一贯的追求。

脑病科科室采取人性化管理,以病人为中心,通过简化就诊流程,为每位患者制定个体化的治疗方案,强化特色治疗,缩短了患者的住院时间,降低了医疗费用,从而使患者能以最低的成本获得最大的治疗效果。

三 核心竞争力

(一) 发挥脑病专科特色优势

脑病科逐渐形成了"一突出、二介入、四结合"的专科优势和特色。

1. "一突出"——突出中医特色

(1) 研制中风病系列院内制剂:总结出中风急性期肝阳化火化热、阳明腑实的病机,恢复期元气亏损、痰瘀交阻的病机。治疗上,急性期予以平肝熄风、凉血祛瘀、清热通腑之法,恢复期则以益气化瘀、豁痰通络为主。先后研制了中风急救合剂、偏瘫复原合剂、中风球麻合剂、中风消积合剂、定眩颗粒及晕宁冲剂,覆盖了中风病各期的治疗。

(2) 创立通脑活络针刺法:利用江苏省中医药学会脑病专业委员会主委单位及 MDT 平台,通过多中心研究方式(参加单位:徐州市中医院、东南大学附属徐州医院、江苏省第二中医院、泰州市中医院、无锡市中医院、南通市中医院、连云港市中医院、扬州市中医院、常州市中医院等共 9 家医院），完成了南京市卫生局医学重点项目《通脑活络针刺法治疗急性脑梗死最佳时间窗探讨》课题，并在省内及省外的部分地区推广应用。

（3）整理名老中医经验：对我院名老中医的治疗经验进行系统的整理，如对全国名老中医谢昌仁、国医大师周仲瑛、南京市名中医李继英等名老中医的经验进行整理。

（4）优化中风病针刺治疗方案：进一步优化通脑活络针刺法；优化中风病上肢瘫、下肢瘫、吞咽功能障碍、卒中后便秘针刺与康复联用的治疗方案等。

（5）早期中医综合康复：除西医康复治疗外，赵杨教授针对中风病重点应用中医综合康复治疗方法，包括针灸、推拿、食疗、心理治疗等方法。针灸治疗对中风病患者的语言障碍、吞咽障碍、肢体运动障碍及二便障碍的恢复有较好的疗效。通过学习、进修与合作，脑病科已开展包括头针、体针、腹针、耳针、浮针、腕踝针及穴位注射等传统疗法，通过应用中医推拿、中医食疗、中医心理干预治疗等方法，显著提高了中风康复的疗效。

2."二介入"

（1）中风病早期综合康复介入：通过引进中山医科大学及南京医科大学毕业的专业康复治疗师、南京中医药大学专业推拿医师，并与本院针灸科进行多学科协作，建立了中风病早期综合康复专业组。早期康复治疗采取重用头部相关穴位的针刺、配合中药制剂，同时结合现代康复医学 PT、OT、生物反馈及高压氧治疗等物理疗法，对患者进行综合治疗，临床疗效确切、显著，尤其在中风后病人的运动、吞咽、语言、二便及认知等功能障碍的恢复上，居国内同级中医院领先水平。

（2）脑血管现代介入治疗：通过引进、创新，成立了脑血管病介入治疗专业组，开展脑血管造影术及神经介入治疗，年诊治病例约200例，包括急诊动脉溶栓术、颈动脉支架成形术、颅内支架成形术、动脉瘤栓塞术等；同时开展显微外科清除术、微创颅内血肿穿刺引流术等。

3."四结合"

（1）针药结合：特别是中风病早期的针药结合治疗，对昏迷病人的促醒、缩短中风病程、减少并发症、促进功能康复等方面非常有益。

（2）急救与康复结合：中风病超早期及急性期，由于采取了急救与康复结合的治疗模式，显著地缩短了中风病程、减少了并发症，很好地促进了功能康复。

（3）中医与西医结合：见下述"积极开展新技术、新项目，不断创新"内容。

（4）神经内外科结合：见下述"积极开展新技术、新项目，不断创新"内容。

（二）积极开展新技术、新项目，不断创新

赵杨教授带领团队通过引进、创新，开展了脑血管造影术及神经介入治疗，年诊治病例近200例，包括急诊动脉溶栓术、颈动脉支架成形术、颅内支架成形术、动脉瘤栓塞术等，开展数百例显微外科清除术、微创颅内血肿穿刺引流术。中西医结合早期康复治疗，保证了中风病人最大程度的功能康复。

由于神经外科和神经介入科的加入，使得脑科治疗的范围迅速扩大，几乎涵盖了中风的所有病种及各种急危重症患者。

中风病MDT，集神经内、外、介入和康复为一体的众多的最佳医疗资源服务于中风患者，同目前的卒中单元相比，中风病MDT治疗谱更广，病人的获益更大，满意率更高。

(三) 建立数据库,开展科研

初步建立数据库,包括专业医师数据库、患者信息数据库及文献数据库。

专业医师数据库:目前专业医师数据库建设的内容主要包括医师基本信息和医师医疗成果资源库。

患者信息数据库:内容包括患者基本信息、住院期间基本信息、治疗基本信息、经济学信息、随访治疗信息。

文献数据库:涉及中风病的中、英全文文献超过 10 000 篇,内容包括缺血性中风、出血性中风、蛛网膜下腔出血等与中风病相关的疾病的中、西医文献。

团队成员发表相关论文 64 篇,其中担任主编或副主编的论著共 12 部;获全国医药卫生优秀成果奖 1 项,江苏省科技进步奖 2 项,南京市科技进步奖 2 项,江苏省卫生厅新技术引进奖 1 项。脑病中心作为分中心,参加了缺血性中风"973"及"十五"科技攻关课题各 1 项,出血性中风"973"课题 1 项。通过多学科协作,联合培养博士研究生 10 名,硕士研究生 40 余人。

(四) 加强交流,扩大影响

(1) 成立脑血管病研究所:脑病中心于 2006 年与南京中医药大学合作,成立了南京中医药大学脑血管病研究所暨南京中医药大学附属南京中医院脑血管病研究所。中风病 MDT 及疗效评价为其重点研究内容之一。

(2) 主办金陵脑病论坛:脑病科主办了六届金陵脑病论坛,每年均办省级以上学习班,加强与台湾地区及国外的交流。其中,中风病 MDT 建设及经验为主要的交流内容。

(3) 对口支援：主要为祖国西部及江苏省落后地区的对口支援等，重点推广中医卒中单元等中风病 MDT 建设及经验。

四　中风病基础研究

针药结合并配合康复训练治疗脑梗死后各项功能障碍的临床及应用基础研究，经过临床经验总结创立了"中风系列合剂"及"通脑活络针刺法"，治疗中风急性期与康复期的运动障碍、二便障碍及吞咽障碍均取得了满意疗效。其中，"脑梗死运动障碍针刺治疗优选方案的应用研究"获南京市科技进步二等奖，"通脑活络针刺疗法治疗急性期脑梗死的临床应用"获 2012 年度江苏省中医药科技进步二等奖。

"超早期、急性期通脑活络针刺法治疗缺血性中风的临床和实验研究"获江苏省 2003 年度科技进步三等奖（江苏省科技厅）。"四神饮"治疗急性脑梗死的临床和实验研究（江苏省科技厅社会发展项目）获得 2003 年南京市科技进步三等奖，本课题进行了开创性的研究，所确立的治法和研制出的四神饮胶囊，用于治疗急性脑梗死，有较好的疗效，并从细胞、分子水平探研了该药的疗效机理，为今后中药新药开发奠定了一定的基础，具有较为广阔的市场推广应用前景。

针对临床医师普遍关注的如何降低颈动脉支架成形术（CAS）并发的栓塞事件，减轻或阻断微栓子所致的神经损害，已成为迫切需要解决的临床难题。寻找有效的防治手段，以阻断细胞凋亡途径，或增强抑制细胞凋亡信号通路的基因表达已成为脑血管病研究的热点之一。传统针灸无疑为我们提供了一种可行的方法。中医治病常用之九法无不与"通"字相连，可以说通法为九法之本，"通"为核心，所以通脑活络法秉承了中医治法的精髓。南京中医药大学附属南京中医院的通脑活络针刺法（头针）是针对瘀血、肝风、痰浊等病理因素导致脏腑功能失调、气血逆乱于脑而制定的针刺方法。现代研究证实了针刺(如"人中""内关"等穴)能够改善缺血动物脑组织的超微结构损伤，同时还观察到在第 3 小时，神经元和胶质细胞结构损伤改善最明显，提示早期针刺干预的意义。李氏通过对大鼠全脑缺血模型的针刺(电针"百会""曲池""足三里")干预发现，针刺组大鼠脑皮层海马 CA1 区 TUNEL 染色阳性细胞数目较脑缺血组明显减少，提示针刺可以减少缺血性神经元凋亡的发生，从而证实抑制缺血性神经元凋亡可能是针刺发挥脑保护作用的一种途径。有研究表明，头针可通过抑制 MCAO 大鼠缺血半暗区 caspase-3 的表达，减少神经细胞凋亡，减轻缺血所致的脑损伤，从而发挥脑保护作用，推测可能是通过下调 caspase-3 的表达，阻止 caspase-3 的活化，达到对抗脑缺血后细胞凋亡的目的，对缺血后脑组织具有保护作用。脑病科既往的基础与临床研究表明，头针可改善急性脑梗死患者的神经功能缺损程度评分，对缺血性脑损伤具有明显的保护作用。

目前，有关针刺对微栓子所致神经损伤保护作用机制的研究尚未见报道。国内外文献资料及我们的部分实验结果表明：①不同性质、不同大小、不同数量的微栓子所致的神经损害的程度不同；②微栓子可引起细胞凋亡，caspase-3 参与了微栓子相关的神经细胞凋亡的发展过程；③针刺可减少细胞凋亡，诱导保护性基因表达。综上所述，我们推测：头针通过调节 Fas/FADD/caspase-8 和 Bid/ cyto-c/ Apaf-1/ caspase-9/ caspase-3 信号通路对微栓子引起的缺血性神经损伤起保护作用。

我们期望通过研究进一步明确：①头针对微栓子所致大鼠的神经损伤是否具有保护作用；②针对微栓子的性质、大小、数量和头针起始干预时间，观察头针的干预效应是否不同；③头针是否通过调节 Fas/ FADD/ caspase-8 和 Bid/cyto-c/ Apaf-1/ caspase-9/ caspase-3 信号通路保护微栓子所致大鼠神经损伤。

眩晕病诊治

眩晕是目眩与头晕的总称,目眩是指眼花或眼前发黑,视物模糊;头晕是指感觉自身或周围景物旋转,站立不稳。两者常同时并见,故称为眩晕。轻者闭目即止,重者如坐车船,甚至不能站稳,或兼见恶心、呕吐、汗出、晕倒等症状,可反复发作。中医眩晕包括西医之头昏、头晕和眩晕症状,涉及相关疾病甚多,包括周围性和中枢性眩晕,前者是指发生在构成周围前庭系统的前庭迷路(内耳)和前庭神经病变引起的眩晕,比如良性阵发性位置性眩晕、梅尼埃病、迷路炎、前庭神经炎、突发性耳聋伴眩晕、迟发性膜迷路积水等,后者多为中枢前庭系统的前庭神经核和与之相连的脑干网状结构及其传导系统受累引起,如脑干小脑卒中、多发性硬化、脑干脑炎、后颅窝肿瘤等。

一 病因病机及病机特点

(一) 病因

1. 情志所伤

恼怒过度,导致肝气郁结,化火上逆,或伤肾阴,阴虚阳亢,忧思伤脾,气血乏源,或气虚血瘀,日久清窍失养,均可发生眩晕。

2. 饮食所伤

饥饱失宜,过食寒凉,损伤中气,气血生化乏源,遂致清窍失养而眩晕。如果脾胃运化功能失常,则聚水生痰,上蒙清窍亦可致眩。赵杨教授认为,在辨饮食所伤时,需考虑体质因素,一般瘦而黄者多阴血虚,胖而白者多气虚痰湿。

3. 脑脉阻滞

若瘀血阻于后脑脉络,或脑脉拘急不畅,致清窍失养,发为眩晕。现代检测手段对此提供了可靠依据。

4. 劳倦过度

劳倦过度或不时御神,或淫欲过度等,损伤气血或肾阴,终致精气不足、髓海空虚而致眩。

(二) 病机

1. 肝阳化风,上扰清窍

素体阳盛,肝阳上亢化风,发为眩晕;或因长期忧郁恼怒,气郁化火,使肝阴暗耗,风阳升动,上扰清空,发为眩晕;或肾阴素亏,肝失所养,以致肝阴不足,肝阳上亢,发为眩晕。

2. 痰浊中阻,上蒙清窍,清阳不升

嗜食肥甘,饥饱劳倦,伤于脾胃,健运失司,以致水谷不化精微,聚湿生痰,痰湿中阻,则清阳不升,浊阴不降,引起眩晕。

3. 脑脉阻滞,清窍失养

若瘀血阻于后脑脉络,或脑脉拘急不畅,气滞血瘀,均致气血不能上荣于头目而眩晕时作。

4. 肾精不足,髓海空虚,脑失所养

肾为先天之本,藏精生髓,若先天不足,肾阴不充,或老年肾亏,或久病伤肾,或房事过度,导致肾精亏耗,不能生髓,而脑为髓海,髓海不足,上下俱虚,发生眩晕。

5. 气血亏虚,清阳不展,脑失所养

久病不愈,耗伤气血;或脾胃虚弱,不能健运水谷以生化气血,以致气血两虚,气虚则清阳不展,血虚则脑失所养,皆能发生眩晕。

(三) 病机特点

赵杨教授指出,眩晕之病因病机,虽如上所述,但往往彼此影响,互相转化。

1. 肝肾亏虚为本

眩晕多为中老年人,元气自半,病根于其肾元亏虚,髓海渐空,而肝肾"乙癸同源",相互影响,共同主宰着人之阴精的盈亏充乏,肝肾不足、髓海失充则会出现目眩脑空、视歧或黑矇、行走不稳等症。肾元亏虚,易致气虚络瘀;肝肾阴虚,易致阴虚风动,故"肝肾亏虚"为发病之本。

2. 痰瘀阻络为标

痰浊上蒙临床常见,但痰挟血瘀证在眩晕中也多见,痰瘀互结,则痹阻脑脉,清窍失养,发为眩晕、头痛、耳鸣等。取类比象,审证求机,这与动脉硬化的病理表现为管壁增厚,脉管狭窄,血管内皮隆起,其间有大量黄白脂浊堆积,或见损伤出血、血块附着等痰瘀阻络之象雷同。

3. 虚风内动上扰

赵杨教授通过临床观察发现,大多数眩晕病人为阴虚致风,主要指肝肾阴虚,故既不似中风之起病急骤、即刻达到高峰,也少中风之头痛、面红、息粗等常见阳热偏盛之象,而主要以眩晕反复缠绵、精神萎靡、血压不高等表现多见。

二 中医辨证要点

1. 辨发病部位

眩晕病在清窍,但与肝、脾、肾三脏功能失调密切相关。

2. 辨虚实

眩晕虽以本虚标实为基本病机特点,但根据其程度还需明辨:

(1) 辨病程——新者多实;久病多虚。

(2) 辨体质——体壮者多实;体弱者多虚。

(3) 辨兼症——呕恶、面赤、头痛且胀者多实;体倦、乏力、耳鸣如蝉者多虚。

三 诊断与鉴别诊断

(一) 诊断依据

(1) 头晕目眩,视物旋转,轻者闭目即止,重者如坐车船,甚则仆倒。

(2) 可伴恶心呕吐,眼球震颤,耳鸣耳聋,汗出,面色苍白等。

(3) 慢性起病逐渐加重,或急性起病,或反复发作。

(4) 经颅多普勒、颈动脉超声、颈椎 X 线摄片及脑干诱发电位、眼震电图、电测听等有助明确诊断。有条件者做 CT、磁共振、脑血管造影检查。

(二) 鉴别诊断

1. 厥证

厥证以突然昏倒不省人事,或伴有四肢逆冷。眩晕发作严重者,有欲仆或晕旋仆倒的现象,与厥证相似,但一般无昏迷或不省人事的表现。

2. 中风

中风以猝然昏倒,不省人事,伴有口眼歪斜,偏瘫失语,或不经昏仆而仅以歪僻不遂为特征。中风的昏仆与眩晕之甚者相似,但其昏仆则必昏迷、不省人事,且伴口角歪斜、半身不遂,则与眩晕仆倒迥然不同。

3. 痫证

痫证以突然仆倒,昏不知人,口吐涎沫,两目上视,四肢抽搐,或口中如作猪羊叫声,移时苏醒。眩晕仆倒则无昏迷,两目上视、抽搐之表现。

四 辨证分型

1. 风阳上扰

眩晕耳鸣,头痛且胀,易怒,失眠多梦,或面红目赤,口苦,舌红,苔黄,脉弦滑。

2. 痰浊上蒙

眩晕而见头重如蒙,或眩晕急剧,自身或景物旋转,胸闷身困,食少多寐,恶心呕吐,耳鸣耳聋,舌苔白腻,脉濡滑或弦滑。

3. 瘀血阻窍

眩晕,头痛,兼见健忘失眠、心悸、精神不振、耳鸣、面唇紫暗,舌暗有瘀斑,脉涩或细涩。

4. 肝肾阴虚

眩晕而见精神萎靡,食少多寐,健忘,腰膝酸软,遗精或月经不调,耳鸣。偏于阴虚者,五心烦热,舌质红,脉弦细数。偏于肾阳不足者,四肢不温,形寒怯冷,阳痿早泄,舌质淡,脉沉细无力。

5. 气血亏虚

眩晕动则加剧,劳累即发,面色㿠白,唇甲不华,发色不泽,神疲倦怠,心悸气短,饮食减少,舌质淡,脉细弱。

五 治疗

(一) 治疗原则

赵杨教授指出眩晕的治疗原则是补虚泻实、调整阴阳。虚者当滋养肝肾,补益气血,填精生髓。实证当平肝熄风、燥湿祛痰、活血通窍。

(二) 中医特色治疗方法

1. 中药治疗

(1) 风阳上扰证:治宜平肝熄风。代表方:天麻钩藤饮加减。

(2) 痰浊上蒙证:治宜化痰祛湿,健脾和胃。代表方:半夏白术天麻汤加减,痰火明显者可选用黄连温胆汤加减。

（3）瘀血阻窍证：治宜祛瘀生新，活血通窍。代表方：通窍活血汤加减。

（4）肝肾阴虚证：治宜滋养肝肾，益精填髓。代表方：左归丸、六味地黄丸加减。

（5）气血亏虚证：治宜补益气血，调营养心安神。代表方：归脾汤加减。

2. 针灸治疗

（1）毫针疗法

① 虚证：治宜培补气血。取背俞、督脉及足少阳、阳明经穴。针宜补法。

处方：百会、风池、膈俞、肾俞、足三里。随证选穴：心悸加内关；少寐加神门；耳鸣加听宫。

② 实证：治宜平肝熄风，和胃化痰。取任脉、督脉和足三阴经穴。针宜泻法，不灸。

处方：中脘、阴陵泉、行间、水泉，印堂。随证选穴：胁胀加阳陵泉；头重如裹加头维。

（2）耳针疗法：取肾、神门、枕、内耳、皮质下等穴。

刺法：中等刺激。每次取 2～3 穴，留针 20～30 分钟，间歇捻针。每天一次，5～7 天为一疗程。

（3）头针疗法：取双侧晕听区。

刺法：每天一次，5～10 次为一个疗程。

3. 推拿治疗

头颈部督脉经、足太阳膀胱经、足少阳经及相应穴位（太阳、风池、肩井、角孙、百会）等行按摩、叩击等手法。

4. 中药足浴

人们常说"春天洗脚，升阳固脱；夏天洗脚，暑湿可祛；秋天洗脚，肺润肠濡；冬天洗脚，丹田温灼。"泡脚可清洁皮肤，扩张血管，降低血液黏稠度，缓解肌肉痉挛，镇静。泡脚的优点是：安全，无痛苦，无毒副作用、价廉、有效、方便、舒适。

眩晕的泡脚常用方：磁石、石决明、党参、黄芪、当归、桑枝、枳壳、蔓荆子、白蒺藜、白芍、杜仲、牛膝各 10 g，独活 20 g，将上药水煎取汁 1 500 mL，加入温水用蒸汽足浴盆浸泡双脚，每日一次。

5. 中药穴位贴敷疗法

穴位贴敷干预眩晕，实证者，取大椎、风池、足三里等；虚证者，取神阙、血海、三阴交等。

禁忌证：①贴敷部位有皮肤创伤、皮肤溃疡、皮肤感染者；②对敷贴药物或敷料成分过敏者；③瘢痕体质者。

操作方法：①选穴；②遵医嘱使用已配制的药物，取棉纸将要用药物包于其中，棉纸四周反折，大小约为 2 cm×2 cm；③将棉纸贴于所选穴位上，加盖敷料。

注意事项：①敷药摊制的厚薄要均匀，固定松紧适宜。②贴药时间 8 小时左右，每日一换，贴敷药物部位出现水疱者注意局部防止感染。③敷药后，若出现红疹、瘙痒、水疱等过敏现象时，及时停止使用，并告知医师，配合处理。

六　中医特色护理

（1）饮食护理

①饮食宜清淡，忌食辛辣、肥甘、生冷之品，禁烟酒。

②风阳上扰证者，可食滋阴潜阳之品，如鳖甲、芹菜等。

③气血亏虚者，多食血肉有情之品，如阿胶、鳖甲、黄鳝等。

④肾阴不足者，多食滋阴益肾之品，如枸杞子、黑芝麻、鸡蛋等。

（2）对肝阳上亢，情绪易激动者，减少情绪刺激，帮助病人掌握自我调控能力；对眩晕较重，易心烦、焦虑者，需介绍有关疾病知识和治疗成功的经验，以增强其信心。

（3）中药汤剂宜温服，观察药后效果及反应。眩晕伴呕吐者中药宜冷服，采用少量频服或服药前用姜汁滴舌。

（4）临证施护

①眩晕而昏仆不知人事，急按人中穴，并立即报告医师。

②眩晕伴恶心呕吐者，遵医嘱耳穴埋籽。

③出现头痛剧烈、呕吐、视物模糊、言语蹇涩、肢体麻木或行动不便、血压持续上升时，应绝对卧床休息，并报告医师，同时配合处理。

（5）健康指导

①保持心情舒畅、乐观。

②注意劳逸结合，切忌过劳和纵欲过度。

③加强体育锻炼，增强体质。

④避免强光刺激，外出时佩戴变色眼镜。

⑤不宜从事高空作业。

⑥坚持服药，定期测量血压。

头 痛 诊 治

一 偏头痛

（一）偏头痛的诊断及分类诊断

1. 中医诊断标准及分型

头痛即指由于外感与内伤,致使脉络绌急或失养、清窍不利所引起的,以病人自觉头部疼痛为特征的一种常见病证,也是一个常见症状,可以发生在多种急慢性疾病中,有时亦是某些相关疾病加重或恶化的先兆。

（1）中医证候诊断

①肝阳头痛证

主症:头痛而胀,心烦易怒,目赤,口苦。

次症:面红,口干,舌红,苔黄,脉弦或弦数。

②痰浊头痛证

主症:头痛如裹,胸脘满闷,呕恶痰涎。

次症:口淡,食少,舌胖大,舌苔白腻,脉弦滑。

③肾虚头痛证

主症:头痛而空,眩晕,腰酸膝软,五心烦热。

次症:神疲乏力,耳鸣,舌质红,少苔,脉沉细无力。

④瘀血头痛证

主症:头痛如刺,经久不愈,固定不移。

次症:舌质紫暗,或有瘀斑、瘀点,苔薄白,脉沉细或细涩。

⑤气血亏虚证

主症:头痛隐隐,反复发作,遇劳加重。

次症:心悸,食少纳呆,自汗、气短,神疲乏力,面色苍白,舌质淡,苔薄白,脉沉细而弱。

(2)头痛强度分级(参照 1988 年国际头痛协会标准)

Ⅰ级:不痛。

Ⅱ级:轻度痛,但不影响活动。

Ⅲ级:中度痛,但不停止活动。

Ⅳ级:重度痛,不能参加活动。

2. 西医诊断及分类诊断标准

(1)偏头痛的临床表现:偏头痛发作可分为前驱期、先兆期、头痛期和恢复期,但并非所有患者或所有发作均具有上述四期。

(2)偏头痛分类:根据 ICHD-Ⅱ,偏头痛分类为:

1.1　无先兆偏头痛

1.2　有先兆偏头痛

　　　1.2.1　伴典型先兆的偏头痛性头痛

　　　1.2.2　伴典型先兆的非偏头痛性头痛

　　　1.2.3　典型先兆不伴头痛

　　　1.2.4　家族性偏瘫性偏头痛

　　　1.2.5　散发性偏瘫性偏头痛

　　　1.2.6　基底型偏头痛

1.3　常为偏头痛前驱的儿童周期性综合征

　　　1.3.1　周期性呕吐

1.3.2　腹型偏头痛

1.3.3　儿童良性发作性眩晕

1.4　视网膜性偏头痛

1.5　偏头痛并发症

1.5.1　慢性偏头痛

1.5.2　偏头痛持续状态

1.5.3　无梗死的持续先兆

1.5.4　偏头痛性脑梗死

1.5.5　偏头痛诱发的痫样发作

1.6　很可能的偏头痛

1.6.1　很可能的无先兆偏头痛

1.6.2　很可能的有先兆偏头痛

1.6.3　很可能的慢性偏头痛

（3）偏头痛的诊断:偏头痛的诊断需结合病史采集、体格检查,同时注意以下预警信号:①伴有视盘水肿、神经系统局灶症状和体征（除典型的视觉、感觉先兆外）或认知障碍;②突然发生的、迅速达到高峰的剧烈头痛（霹雳样头痛）;③伴有发热;④成年人尤其是50岁后的新发头痛;⑤有高凝风险的患者出现的头痛;⑥有肿瘤或艾滋病史者出现的新发头痛;⑦与体位改变相关的头痛。上述表现一旦出现,应引起警惕,及时进行相应的辅助检查。

（4）偏头痛的分类诊断标准

①无先兆偏头痛的诊断标准

A. 符合B~D项特征的至少5次发作。

B. 头痛发作（未经治疗或治疗无效）持续4~72小时。

C. 至少有下列中的2项头痛特征:

〈1〉单侧性;

〈2〉搏动性；

〈3〉中或重度疼痛；

〈4〉日常活动（如走路或爬楼梯)会加重头痛或头痛时避免此类活动。

D. 头痛过程中至少伴随下列 1 项：

〈1〉恶心和（或)呕吐；

〈2〉畏光和畏声。

E. 不能归因于其他疾病。

②有先兆偏头痛的诊断标准:有先兆偏头痛的诊断主要根据先兆特征,需要有 2 次以上的先兆发作并排除继发性头痛的可能。

符合伴典型先兆的偏头痛性头痛的诊断标准中 B~D 特征的先兆为典型先兆,如果典型先兆后 1 小时内出现偏头痛性头痛发作,即可诊断为伴典型先兆的偏头痛性头痛。

伴典型先兆的偏头痛性头痛的诊断标准：

A. 符合 B~D 特征的至少 2 次发作

B. 先兆至少有下列的 1 种表现，没有运动无力症状：

〈1〉完全可逆的视觉症状，包括阳性表现（如闪光、亮点、亮线)和（或)阴性表现（如视野缺损）。

〈2〉完全可逆的感觉异常，包括阳性表现（如针刺感)和（或)阴性表现(如麻木)。

〈3〉完全可逆的言语功能障碍。

C. 至少满足下列的 2 项：

〈1〉同向视觉症状和（或)单侧感觉症状。

〈2〉至少 1 个先兆症状逐渐发展的过程≥5 分钟，和（或)不同先兆症状接连发生，过程≥5 分钟。

〈3〉每个症状持续 5～60 分钟。

D. 在先兆症状同时或在先兆发生后 60 分钟内出现头痛，头痛符合无先兆偏头痛诊断标准 B～D 项。

E. 不能归因于其他疾病。

③慢性偏头痛的诊断标准

A. 至少 3 个月头痛（紧张型头痛和/或偏头痛），每月头痛时间≥15 天。

B. 至少有 5 次发作符合无先兆偏头痛的诊断标准。

C. 至少 3 个月每月有≥8 天头痛符合下列 C1 和/或 C2 项，即符合无先兆偏头痛的疼痛及伴随症状标准。

〈1〉至少符合 a～d 中的两项：a. 单侧性，b. 搏动性，c. 中或重度疼痛，d. 日常活动（如走路或爬楼梯）会加重头痛或头痛时避免此类活动；且符合 a 或 b 中的至少一项：a. 恶心和（或）呕吐，b. 畏光和畏声。

〈2〉在觉得要发生符合以上 C1 项头痛前使用了曲普坦类或麦角胺类药物，头痛缓解。

D. 没有药物过度使用，且不能归因于其他疾病。

（二）治疗及预防

1. 防治原则

（1）积极开展患者教育。

（2）充分利用各种非药物干预手段，包括按摩、理疗、生物反馈治疗、认知行为治疗和针灸等。

（3）药物治疗包括头痛发作期治疗和头痛间歇期预防性治疗，注意循证使用。

2. 中医药辨证论治

（1）分型论治

①肝阳头痛证

　　主症:头痛而胀,心烦易怒,目赤,口苦。

　　次症:面红,口干,舌红,苔黄,脉弦或弦数。

　　治法:平肝潜阳。

　　方药:天麻钩藤饮。

②痰浊头痛证

　　主症:头痛如裹,胸脘满闷,呕恶痰涎。

　　次症:口淡,食少,舌胖大,舌苔白腻,脉弦滑。

　　治法:健脾化痰,降逆止痛。

　　方药:半夏白术天麻汤。

③肾虚头痛证

　　主症:头痛而空,眩晕,腰酸膝软,五心烦热。

　　次症:神疲乏力,耳鸣,舌质红,少苔,脉沉细无力。

　　治法:补肾养阴

　　方药:大补元煎。

④瘀血头痛证

　　主症:头痛如刺,经久不愈,固定不移。

　　次症:舌质紫暗,或有瘀斑、瘀点,苔薄白,脉沉细或细涩。

　　治法:通窍活络化瘀。

　　方药:通窍活血汤。

⑤气血亏虚证

　　主症:头痛隐隐反复发作,遇劳加重。

　　次症:心悸,食少纳呆,自汗、气短,神疲乏力,面色苍白,舌
　　　　　质淡,苔薄白,脉沉细而弱。

　　治法:气血双补

　　方药:八珍汤。

（2）对辨证治疗的认识

治内伤头痛重在调肝，以柔肝理气、潜镇温阳为要。

据八纲辨证，偏头痛多数以阴证为主，以寒为主；虚实夹杂，以虚为主；以里证为主，或伴表证；以经络阻滞为主，或伴脏腑证侯。治疗方面，赵杨教授以柔肝理气、潜镇温阳为要。拟方如下：

白芍 30～50 g　　桂枝 15～25 g　　甘草 15 g　　　柴胡 10 g

黄芩 10 g　　　　川芎 20 g　　　　白芷 10～20 g　细辛 5～15 g

当归 15～25 g　　丹皮 15 g　　　　法半夏 10 g　　炒白术 30 g

龙骨、牡蛎各 50 g　　　　　　　　川、怀牛膝各 10 g

基本方中，阳虚甚，加附子 10 g；如寒甚，可加川草乌各 6～10 g；如瘀著，可加威灵仙 10 g、丹参 15 g、丝瓜络 15 g、桃仁 10 g、红花 10 g、姜黄 10 g；痰甚，可加白芥子 15 g；气滞甚，可加延胡索 15 g。每日一剂，约 5～7 剂即可。

上述治疗各证之方药，应选用不同的引经药，对发挥药效有实际意义，

太阳头痛：头后部痛，下连于项背，引经药——葛根、蔓荆子、羌活、川芎；

少阳头痛：头两侧痛，连及耳部面颊，引经药——柴胡、川芎、黄芩；

阳明头痛：前额部痛，连及眉棱，引经药——葛根、白芷、知母；

厥阴头痛：巅顶痛，或连于目，引经药——藁本、吴茱。

3. 中成药治疗

治疗头痛的中成药较多，治疗偏头痛有着一定疗效。经过初步的疗效比较后，我们发现如下药物可选用于偏头痛：

五味麝香丸：适应于寒湿证头痛。

头痛宁胶囊：内伤头痛，肝阳上亢或伴瘀血者。

养血清脑颗粒:血虚肝旺者头痛;

天舒胶囊:肝阳上亢头痛,伴气滞血瘀者;

都梁软胶囊:气滞血瘀型头痛。

上述中成药,可在服用中药的基础上,加以服,巩固疗效,预防复发。

4. 针灸疗法——排针平刺法

(1) 针刺方法

①穴位及针刺方向角度:脑空透风池、脑户透风府,浅刺平刺法。从脑空、脑户穴平刺进皮后,沿皮下浅筋膜层分别向风池、风府平刺透刺。

②针刺深度:深度为 1 寸。

③针刺根数:以头痛侧脑空为中心,浅刺平刺向风池 1 根针,以此为基点,向两旁分别间距 1cm,各置另 2 根针,计 5 根针;以脑户为中心,浅刺平刺向风府 1 根针,以此为基点,向两旁分别间距 1cm,各置 1 根针,计 3 根针。

④留针时间:针刺操作完成后留针 6 小时。

(2) 适应病证

①原发性头痛:a. 偏头痛;b. 紧张型头痛。

②继发性头痛:a. 颈源性头痛;b. 焦虑症或抑郁症所致的头痛。

5. 穴位注射疗法

(1) 穴位注射部位:天容穴(相当于第 2 颈椎横突部位)。

(2) 适应证:无论是急性发作期还是慢性期,注射治疗都是缓解疼痛的有效手段。这既是有效的诊断手段,也有明显的治疗作用。

（三）疗效评价及难点分析

1. 疗效评价

（1）疗效评价体系有：①视觉模拟测定（VAS）；②偏头痛残疾程度评估问卷（MIDAS）；③头痛影响测定-6（HIT-6）；④偏头痛筛选问卷 ID-migraine；⑤头痛日记。

（2）疗效评价：见下文的中药及针灸疗效的评价。

2. 对辨证、辨病难点分析

（1）对辨病的认识：偏头痛这一疾病，目前临床尚缺乏充分的认识，以致很多偏头痛的患者被误诊、误治。从西医学角度看，偏头痛可以与很多的临床病症兼见，如颈源性头痛、紧张性头痛、脑血管病、头颈部外伤等，导致这一病症被漏诊或误诊。

（2）对辨证的认识：其证候表现为本虚标实，常见证候为肾虚、血瘀、痰浊、气血两虚、肝阳等数种。由于病理上的联系，有时往往同时具有两类、三类证候，故必须分清标本主次，随证施治。但这数个常见证型中，对哪个证型为最常见证型，尚缺少准确的统计学或流行病学数据。

3. 对中药及中成药疗效的评价及难点分析

根据我们的临床经验，据八纲辨证，偏头痛多数以阴证为主；多于烦劳时诱发，发作时喜卧、喜静、喜温，恶动，恶吵，恶热；以寒为主；虚实夹杂，以虚为主；以里证为主，或伴表证；以经络阻滞为主，或伴脏腑证侯。治疗方面，我们以柔肝理气、潜镇温阳为要，自拟柔肝理气、潜镇温阳方，获得了一定的疗效。但我们对偏头痛核心病机的认识，缺少大样本数据的支持，有待进一步的观察。

4. 对针灸疗效的评价

我们应用原创的排针平刺法治疗偏头痛，获得了显著的疗效，大部分病人可获得满意的疗效。很多病人针到痛止,针刺治疗一次,即可获得止痛效果,得到广大病人的认可。

二 颈源性头痛

(一) 颈源性头痛的诊断

1. 中医诊断标准及分型

颈源性头痛是指由颈椎,包括组成它的骨椎间盘和/或软组织疾患导致的头痛,通常但不总是伴有颈痛。

（1）诊断依据

①以头痛为主症,或以枕部疼痛为主,常可量及前额,额顶部,头痛性质多为跳痛、刺痛等。有突然而作,其痛如破而无休止者,也有反复发作,久治不愈,时痛时止者;头痛每次发作可持续数分钟、数小时、数天或数周不等。

②因外感、内伤等因素,突然而病或有反复发作的病史。

③应首查颅脑及颈椎 MRI 检查,有助于明确病因,排除其他器质性疾病,必要时行脑脊液、脑电图、经颅多普勒等检查。

（2）证型诊断

外感头痛

①风寒证:头痛起病较急,其痛如破,连及项痛,恶风畏寒,遇风尤剧,口不渴,苔薄白,脉多浮紧。

②风热证:头痛而胀,甚则头痛如裂,发热或恶风,口渴欲饮,面红目赤,便秘溲黄,舌红苔黄,脉浮数。

③风湿证：头痛如裹，肢体困重，胸闷纳呆，小便不利，大便或溏，苔白腻，脉濡滑。

内伤头痛

①肝阳证：头胀痛而眩，心烦易怒，胁痛，夜眠不宁，口苦，舌红苔薄黄，脉沉弦有力。

②肾虚证：头痛而空，每兼眩晕，腰痛酸软，神疲乏力，遗精、带下、耳鸣少寐，舌红少苔，脉沉细无力。

③气血虚证：头痛隐隐，心悸不宁，遇劳则重，自汗，气短，畏风，神疲乏力，面色㿠白，舌淡苔薄白，脉沉细而弱。

④痰浊证：头痛昏蒙，胸脘满闷，呕恶痰涎，舌胖大有齿痕，苔白腻，脉沉弦或沉滑。

⑤瘀血证：头痛经久不愈，其痛如刺，固定不移，或头部有外伤史者，舌紫或有瘀斑、瘀点，苔薄白，脉沉细或细涩。

上述证型，可以单见，也可兼见。兼见证型中，实证中以风寒为主，寒瘀证次之；虚证中以气血两虚为主。虚实兼杂证中，以气血两虚，寒瘀阻滞为主。

2. 西医诊断标准

诊断标准

A. 任何头痛符合诊断 C。

B. 有临床、实验室、和/或影像学证据发现能导致头痛的颈椎或颈部软组织疾患或损害。

C. 至少符合下列 4 项中的 2 项，以证明存在因果关系：

〈1〉头痛的出现与颈部疾患或病变的发生在时间上密切相关；

〈2〉头痛随着颈部疾患或病变的缓解或消失而明显缓解或消失；

〈3〉刺激性动作可导致颈部活动受限和头痛明显加重；

〈4〉诊断性封闭颈部结构或其神经后头痛消失；

D. 不能用 ICHD-3 中的其他诊断更好地解释。

评注：

区分颈源性头痛和偏头痛、紧张型头痛的特征包括偏侧头痛、手指按压颈部肌肉或头部活动可诱发出典型头痛、由后部向前部放射性疼痛。然而，尽管这些可能是颈源性头痛的特征，但并不具有特异性，它们之间也无必然的因果关系。偏头痛的特征，如恶心、呕吐、畏光、畏声，也可能出现在颈源性头痛中，尽管颈源性头痛较偏头痛程度轻，这些特征可能需要与紧张型头痛相鉴别。

上位颈椎的肿瘤、骨折、感染及类风湿关节炎没有被公认为头痛的原因，尽管如此，在个案报道时还是被大家所接受。颈椎病或骨软骨炎是否是符合标准 B 的确切原因，取决于个案报道。当颈肌筋膜痛是头痛的病因时，很可能的将其诊断为紧张型头痛。然而，一个可选择的诊断缘于颈部肌筋膜痛的头痛在附录中被包括进来，正等待着进一步的证据。上颈神经根病变所致头痛被提出，认为上位颈椎和三叉神经感受器的会聚是合乎逻辑的头痛原因。在等待进一步证据前，这一诊断在缘于上位颈神经根病变的头痛附录中被提及。

3. 颈源性头痛的临床特征

（1）疼痛的性质

早期颈源性头痛患者多有枕部、耳后部、耳下部不适感，以后转为闷胀或酸痛感，逐渐出现疼痛。疼痛的部位可扩展到前额、颞部、顶部、颈部。有的可同时出现同侧肩、背、上肢疼痛。疼痛可有缓解期。随着病程的进展，疼痛的程度逐渐加重，持续性存在，缓解期缩短，发作性加重。寒冷、劳累、饮酒、情绪激动可诱发疼痛加重。一些颈源性头痛患者可以仔细地描述自己的头痛，临床医师要认真加以引导和询问。

（2）疼痛的部位

颈源性头痛常常不表现在它的病理改变部位，其疼痛的部位常常模糊不清，分布弥散并向远方牵涉，可出现牵涉性疼痛，类似鼻窦或眼部疾病的表现。部分患者疼痛时伴有耳鸣、耳胀、眼部闷胀、颈部僵硬感。大多数患者在疼痛发作时喜欢用手按压疼痛处，以求缓解。口服非甾体消炎药可减轻头痛的程度。颈源性头痛在伏案工作者中的发病率较高。病程较长者工作效益下降、注意力和记忆力降低，情绪低落、烦躁、易怒，易疲劳，生活和工作质量明显降低。

（3）颈部疼痛

患者常同时有颈部慢性疼痛，多为持续性钝痛，活动时可诱发或加剧。第2~3颈椎或第5~6颈椎小关节受到创伤和劳损发生率高，相应发病率也高。不同节段的小关节病变可引起不同区域的疼痛，分布具有一定的特征。①第2~3颈椎小关节：疼痛位于上颈区，并可延伸至枕区。严重者范围可扩大至耳、头顶、前额或眼等。②第3~4颈椎小关节：颈侧后方区域，同样可延伸至枕下，但不超过枕区，向下不超过肩胛带，其分布形状类似于提肩胛肌。③第5~6颈椎小关节：可引起肩痛，易与肩周炎混淆。此外尚可有胸痛及上肢疼痛的表现。

由于颈神经根在头、颈、胸、上肢等有广泛分布，因此除局部疼痛外，还常可引起牵涉痛表现。头痛主要由于第2~3颈椎小关节受累引起牵涉痛，常见且易被误诊。表现为慢性持续性钝痛，也可呈典型偏头痛，甚至前额痛等。

（4）局部体征

①压痛：在有小关节创伤性退行性变性关节炎的患者，常有明显上部颈椎旁固定压痛，颈部活动后压痛加剧。检查可发现在耳下方颈椎旁及乳突后下方有明显压痛。病程较长者可有颈后部、颞部、顶

部、枕部压痛点。

②颈部活动受限:患者多有上颈部软组织紧张、僵硬。颈部可因疼痛而使颈部活动减少,受限,甚至颈部可处于强迫体位。由于大多数患者在头痛的同时都有颈部疼痛和颈部僵直,应当在诊断时充分注意询问和检查。

③感觉障碍:有的患者局部触觉、针刺觉减弱,部分患者患侧嗅觉、味觉和舌颊部感觉减退。

④部分患者压顶试验和托头试验为阳性。对支配小关节的相应脊神经后内侧支进行局部阻滞可使疼痛缓解,可作为一种诊断性阻滞方法,用于诊断较为困难的患者。但也有的颈源性头痛患者无明显的临床体征。有的患侧白发明显多于对侧。

(5)颈部损伤史

颈部损伤史在颈源性头痛的发病过程中十分重要。在道路交通事故中最常发生的甩鞭损伤可使头部猛烈向前或向后甩动,造成颈椎结构的改变和损伤,增加了颈源性头痛的发生率。

(6)颈源性头痛的诱发因素

①强光和噪音:强光和噪音不仅颈源性头痛的诱发因素,而且能使患者的症状加重。周围环境有强光和噪音时,颈部的肌肉处于紧张状态,颈部的肌肉牵拉颅底部和颞部、额部的肌肉附着点,可直接引起颞部和额部头痛。

②紧张和压力:紧张和压力在颈源性头痛发病中也是重要因素,在一组研究中发现,77%颈源性头痛患者有精神紧张、社会、生活或工作压力。这些有压力患者的头痛发作次数明显高于那些无压力的颈源性头痛者。当然,在进行的有关压力的问卷调查中,对有关压力的强度和程度,不同的患者难以达成一致,他们的生活体验不同,对压力有不同的理解,因而对同一生活事件,会有不同的回答。但有

一点可以肯定,社会、生活或工压力在颈源性头痛的发病和病情加重过程中是重要的诱发因素。

③戴眼镜和吸烟:已有许多研究结果证实,颈源性头痛在戴眼镜和吸烟人群中的发病率较高。

(7) 影像学检查

①X 线片:所有颈源性头痛患者均须拍摄正侧位和左右斜位 X 线片。早期常无明显改变,以后则显示关节间隙狭窄和松动;逐渐于关节突起处增生、形成尖形骨刺;后期该关节呈现肥大性改变、周边部伴有明显的骨赘形成,并使椎间孔变小和变形。X 线检查可见不同程度的颈椎退行性改变,有的可见颈椎间孔狭窄,椎体前后缘增生,或棘突增宽变厚,棘上韧带钙化。

②CT、MRI:对于大多数颈源性头痛患者,检查多无特殊变化,因此,扫描可不作为常规检查项目,但可起到很好的鉴别诊断作用。少数患者可见颈椎间盘突出,但与疼痛部位及程度不一定密切相关。有小关节病变的患者,可在横断面十分清楚地显示出小关节病变的程度及其与椎管、根管之间的联系。

常见征象为:小关节缘骨刺形成;小关节突肥大;关节间隙变窄;关节软骨变薄;小关节内"真空现象";关节囊钙化;关节突软骨下骨质硬化等。但在病变早期,CT 扫描不如 X 线片。CT、MRI 优点是可同时观察椎间盘,对排除椎间盘疾病具有意义。

4. 对颈源性头痛临床诊断的认识

颈源性头痛国际研究组关于颈源性头痛的诊断非常严格,临床上难以全部满足其诊断条件。

根据疼痛的部位、性质、体征,除外其他可导致头痛的器质性疾病,大多能迅速确定颈源性头痛的诊断。

上部颈椎旁、乳突后下部及头部压痛点是诊断颈源性头痛的重要依据。但值得注意的是,有相当多的患者具有典型的颈源性头痛症状,但缺乏神经根性刺激的体征,影像学检查也无阳性发现。对于症状、体征不典型的患者,可采用局部麻醉药进行诊断性颈神经阻滞,或在第二颈椎横突处注射消炎镇痛药物进行试验性治疗。若注射后疼痛迅速减轻或消失,则有助于确立诊断。

颈椎创伤性退行性变性小关节炎患者在早期的主要表现为慢性颈痛,常易被人们误以为肌肉劳损而忽略,缺乏特征性表现和放射学异常表现,易被误诊和漏诊,应注意及时诊断。对晚期患者的诊断则较为容易。

三 颈源性头痛的临床治疗

(一) 一般性治疗

颈源性头痛的发病有着较为特殊的生活、工作不良习惯作为基础。除专业治疗(药物、针灸、理疗、手术等)外,非专业治疗外的一般性治疗显得非常重要。这些治疗包括健康教育、休息及不良生活工作习惯的纠正等。有时,不给予非专业治疗而仅给予一般性治疗也可获得一定的疗效。因此,临床上对于颈源性头痛,除重视专业治疗外,必须注重非临床专业治疗。只有这样,才能获得巩固的疗效,并尽可能地减少复发。一般性治疗措施包括如下内容:

1. 辨证论治

(1) 外感头痛

①风寒证——治法:疏风散寒,方药:川芎茶调散加减。

②风热证——治法:疏风清热,方药:芎芷石膏汤加减。

③风湿证——治法:祛风胜湿,方药:羌活胜湿汤加减。

（2）内伤头痛

①肝阳证——治法：平肝潜阳，方药：天麻钩藤饮加减。

②肾虚证——治法：补肾养阴，方药：大补元煎加减。

③气血虚证——治法：气血双补，方药：八珍汤加减。

④痰浊证——治法：健脾化痰、降逆止痛，方药：半夏白术天麻汤加减。

⑤瘀血证——治法：通窍活络化瘀，方药：通窍活血汤加减。

对辨证论治的认识

（1）治疗时当首辨外感与内伤

头痛临床表现复杂，病情或缓或急，或轻或重，部位不同，性质不定，程度不等，治疗时当审证求因，首辨外感与内伤。诚如《景岳全书》所谓"凡诊头痛者，当先审久暂，次辨表里。盖暂痛者必因邪气，久病者必兼元气。"临证时根据头痛部位、性质、程度、持续时间、发作频率等不同，区分外感与内伤。外感头痛起病较急，病程较短，痛势较剧，表现为掣痛、跳痛、灼痛、胀痛、重痛等，痛无休止，每因风邪为患，多为实证，易速愈；内伤头痛起病缓慢，病程较长，痛势较缓，表现为隐痛、空痛、昏痛等，多为虚证.病程缠绵，时作时止，迁延难愈。

（2）治外感头痛重在祛风

外感头痛虽有风寒、风热、风湿之不同，但是均为风邪夹时气而发病。"伤于风者，上先受之""头象天，为清净之府，宜清阳之气上荣，不容浊气所干……或风寒火湿浊等邪气上扰，清窍蒙蔽而头痛"。外邪多自肌表侵入，上犯巅顶，清阳受阻，脉络阻滞.发为头痛。治疗当祛风散邪.用药应选清轻之品。"头痛每以风药治之者，高巅之上惟风可到"，"治上焦如羽，非轻不举"。以疏散风邪为主要作用的药物不仅辛香温散,性上行,携它药直达巅顶,另外尚能开郁畅气、调通血脉,且多数药物兼具良好的止痛之功。可选川芎、细辛、荆芥、菊花等清轻之品,并根据时令之不同,适当加以祛寒、清热、化湿、解暑之类。偏于热者,加黄芩、银花、连翘;偏于寒者,加防风、白芷,并可适当加入细辛;以暑湿为患者,加羌活、独活、藿香、佩兰等以化湿解暑行气。

(3)治内伤头痛重在调肝

内伤头痛若究其根源,无不与肝密切相关。肝与头痛有着密切的关系。"诸痛治肝","诸风掉眩.皆属于肝",足厥阴肝经上达巅顶,肝胆为一身气机升降之枢纽,为全身气血、阴阳、表里出入之关键,肝胆气机升降正常,则阴阳和谐,气血运行调畅,表里出入有制。头居高位,为神明之主,五脏精华之血,六腑清阳之气皆上注于头,若肝胆气机升降失常,清阳不升,浊阴不降,清窍受扰而痛。并且随着社会的进步,生活节奏的加快,工作压力越来越重,人的情志失调无时不在发生,调肝就显得尤为重要。长期思虑过度,所思不遂,致肝气郁结,肝失疏泄,气机失调。气行则血行,气滞则血凝,气行受阻,血停留于脉内而为瘀,瘀血阻于脉道,不通则痛;肝郁日久化火,风火上攻则头部胀痛,性格急躁易怒;风火日久,灼伤肝经,肝经受灼,阴血亏虚,日久及肾,肝肾阴虚无以制阳,致肝阳上亢,病情加重;肝郁日久乘脾,脾失健运,痰浊内生,痰瘀阻于脉道,不通则痛;脾虚日久,气血生化不足,脑髓不充,不荣而痛。或长期劳欲过度,过劳明则耗气,暗则耗血;过欲明耗阴精,暗损气阳,均可导致肝脏受损,或损其体,或伤其用,肝脏亏虚,日久及肾,肾精亏虚无以充髓,不荣而痛。治疗时当审因论治,调肝为先,并根据病情变化,适当加以健脾益肾、祛瘀化痰之品。

在具体临床时,可宗《素问·脏气法时论》,"肝苦急,急食甘以缓之""肝欲散,急食辛以散之""辛补之,酸泻之"之宗旨,以辛散、甘缓、酸收三项为治肝大法因肝气郁结,肝阳上亢所致者,当"木郁达之",用药"不宜刚而宜柔,不宜伐而宜和",以平肝潜阳为治则,以天麻钩藤饮为基础方,若肝火偏盛者加龙胆草、夏枯草;肝肾阴虚明显者,加生地、首乌、枸杞。肝虚日久及肾者,当养阴补肾,以大补元煎为基础方,若阴虚日久,无以生阳者,又当温补肾阳,填精补血,选用右归丸。若肝郁乘脾,脾虚气血生化不足者,当养血为主,以四物汤为基础方,头晕较为明显者,加首乌、枸杞等以养肝血。若肝郁乘脾,脾虚生痰,风痰阻于脉道者,又当化痰降逆. 以半夏白术天麻汤加减,若痰郁化热者,加黄芩、竹茹、枳实。若气滞血瘀者,当活血化瘀,以通窍活血汤为基础方加减。

(4) 益气温阳,温通为要

临床治疗中,赵杨教授以益气温阳、温通补虚为要,自拟治疗颈源性头痛方:

炙黄芪 30 g	桂枝 15～25 g	白芍 30～50 g	甘草 6 g
柴胡 10 g	川芎 20 g	白芷 10～20 g	细辛 5～15 g
当归 15～25 g	丹皮 15 g	法半夏 10 g	羌活 15 g
炒白术 15 g	羌、独活各 15 g	茯苓 15 g	

上述基本方中,阳虚甚,加附子 10 g(久煎);如寒甚,可加川草乌各 6～10 g(久煎);风寒甚,可加生麻黄 6～10 g;如瘀著,威灵仙 10 g、丹参 15 g、丝瓜络 15 g、桃仁 10 g 红花 10 g 姜黄 10 g;痰甚,可加白芥子 15 g;气滞甚,可加延胡索 15 g。每日一剂,5～7 剂即可。

同样,上述治疗各证之方药,应选用不同的引经药,对发挥药效有实际意义:太阳头痛,以葛根、蔓荆子、羌活、川芎引经;少阳头痛,以柴胡、川芎、黄芩引经;阳明头痛以葛根、白芷、知母引经;厥阴头痛,以藁本、吴萸引经。

2. 中成药治疗

治疗头痛的中成药较多,治疗颈源性头痛有着一定疗效。经过初步的疗效比较后,我们发现如下药物可选用于颈源性头痛:

颈痛颗粒:适应于风寒湿证之头痛。

头痛宁胶囊:内伤头痛,肝阳上亢或伴瘀血者。

养血清脑颗粒:血虚肝旺者头痛;

天舒胶囊:肝阳上亢头痛,伴气滞血瘀者;

都梁软胶囊:气滞血瘀型头痛。

上述中成药,可在服用中药的基础上加以服用,以巩固疗效,预防复发。

3. 针灸疗法

取排针平刺法,中等刺深(针1寸),脑空透风池、脑户透风府,颈4夹脊穴平开1.5寸处,向颈4夹脊穴透刺,留针6小时方案,为针刺治疗颈源性头痛的优选方案。

南京市中医院脑病科应用针刺方法治疗颈源性头痛独具特色,疗效确切,痛苦较少,深受病人欢迎,目前已接诊病人1 000余人,绝大多数获得了满意的疗效。主要方法为毫针刺法。针灸治疗颈源性头痛优选方案,对治疗对象的选择,进针点,进针数,针刺的方向、角度、深度,刺激量,行、留针时间等多因素进行了优化,属于原始创新项目,具体内容如下:

[穴位及针刺方向角度]:脑空透风池、脑户透风府刺法的针刺方向角度:均采用浅刺平刺法。浅刺进皮后,沿浅筋膜层透向相应穴位。

[针刺深度]:在上述针刺方向角度基础上,对针刺深度进行了优化,针刺深度为0.5~1寸。

[针刺根数]:优化方案对针刺针数进行了重点优化。最后确定

为排针刺法。排针针数为：以头痛侧脑空为中心，浅刺平刺向风池穴1根针，以此为基点，向两旁分别间距1 cm，各置另2根针，计5根针；以脑户为中心，浅刺平刺向风府1根针，以此为基点，向两旁分别间距1 cm，各置1根针，计3根针。均采用浅刺平刺法。

［留针时间］：优化方案对留针时间进行了优化，确定留针时间为6小时。

排针平刺法适用于轻度及中度的颈源性头痛患者，对重度患者需配合相应的药物治疗。

4. 注射疗法

在颈源性头痛患者相应的病灶区内注射消炎镇痛药物，既有明显的诊断作用，同时又可起到镇痛、缓解局部肌肉痉挛等治疗性作用。无论是急性发作期还是慢性期，注射治疗都是缓解疼痛的有效手段。其中，颈横突注射法和风池穴注射疗效显著。这既是有效的诊断手段，也有明显的治疗作用。同时更是一种疗效颇佳的治疗方法，该法对神经阻滞试验阳性者均适用。

由于颈源性头痛的发病机制十分复杂，每个患者的病灶部位不同，注射治疗要坚持个体化原则。临床医师在进行注射疗法前，要仔细分析该患者的病情，尽可能确认每个患者的具体病灶部位，有针对性地为其制定注射治疗方案，并在治疗过程中不断给予评估和验证。当初次或开始的两次注射治疗效果不佳时，应及时再次诊断和调整治疗方案。如果临床医师将注射治疗方案形式化，用固定的方案去治疗每一位患者，会影响疗效。所以，在进行注射治疗时，坚持个体化原则是非常重要的。

（1）第2颈椎横突穿刺注射

第2颈椎横突穿刺注射消炎镇痛药物，对大多数颈源性头痛患者具有良好的治疗效果。药液在横突间沟扩散可流到C1～C3脊神经及周围软组织内,发挥消炎、镇痛和促进神经功能恢复的治疗作用。由于药液被直接注入病灶区域,所以治疗效果较好。由于第 2 颈椎横突的体表标志在较肥胖者不易触及,也可在 X 线引导下进行穿刺注射治疗。

①操作方法:患者可取坐位或仰卧位,第 2 颈椎横突位于胸锁乳突肌后缘,距乳突下端 1～2 cm,坐位时相当于下颌角水平。先确认穿刺点并做好标记,皮肤常规消毒,在穿刺点垂直进针。对于椎旁压痛明显者,每进针 0.5～1 cm 注射药液 2 mL,当穿刺针的针尖触及横突后而且回吸无血液及脑脊液流出,分次注射药液,并注意观察患者的呼吸和意识的改变。注药时患者常有向头部的放散感,数分钟内疼痛减轻或消失,并觉患侧头部"轻松"。有枕部及头部压痛者,应同时进行压痛点注射治疗。

②药物:使用的药物为 2％利多卡因 2.5 mL＋泼尼松龙 15～25 mg＋生理盐水至 15～20 mL。对于有头颈部麻木感的患者,可在药液中加用胞二磷胆碱 250 mg。每 6～7 天治疗 1 次。

③注意事项:第 2 颈椎横突的定位具有较大的个体差异,且邻近有许多重要的神经和血管,椎动脉在第 2 颈椎向外侧转折后上行,椎动脉孔向处侧开口,进针时易被刺入。在进针时要分段多次回吸,严防将药物误注入椎动脉。注药时应先注入小量试验量,观察无不良反应后再分次缓慢注射。注射过程中要反复询问患者的感受,以及时发现不良反应。有时药物可向前流至颈上交感神经节处,从而患者出现一过性 Horner's 综合征,能增强治疗效果。操作中应严防将药物误注入蛛网膜下隙。

第 2 颈椎横突旁注射疗法主要适用于中老年的由颈椎的骨性病变导致的颈源性头痛。目前我科已进行 200 例左右。

（2）风池穴穴位注射（枕神经阻滞术）

①适用病证：颈源性偏头痛；其他原因引起的头痛；该部位带状疱疹和带状疱疹后遗神经痛；颈椎1～2骨转移癌引起的偏头痛。

②禁忌证：注射部位感染；患者不能合作。

③准备：患者面对治疗床，头稍前倾，双肘部支撑在床上，长发患者用治疗巾从后向前包住枕后头发，让患者双手自己固定治疗巾同时用手掌托住前额，患者下颏尽量接近自己前胸。向患者介绍方法和目的，以取得合作。

④方法

a.确定乳突与寰枢关节连线或颈2棘突与乳突后缘连线中点向上1 cm，在此点可能触及枕动脉。

b.无需注射局麻皮丘，用3.5 cm长，7号短针垂直进针，直至触及枕骨。此时病人有可能会出现异常感，表明触及枕大神经，但多数患者可以没有异常感。

c.充分回吸无血后即可于帽状腱膜上、下注射局麻药或除痛液5～6 mL，轻压3～5 min后不再出血即可。

⑤注意事项：注药前坚持回吸，避免将局麻药误注入枕动脉内；通常只要沿枕后骨板注药，罕有并发症出现。

风池穴穴位注射，适用于少年、青年及部分中年人，以颈椎部位的软组织病变导致的枕神经痛患者为主。

5. 西医西药治疗

除共同治疗方法外，西医西药的治疗在本病的治疗中占有一定的地位，主要作用为对症处理（镇痛）、消炎、解痉等。在临床实际应用过程中，首先选用中医药及针灸等方法，如效果不明显，再可兼用西医西药治疗。

（1）消炎镇痛剂：颈源性头痛以头痛及颈项部疼痛为主要表现。因此镇痛为主要治疗目标，具体可选用非甾体类的消炎镇痛药，根据实际用药情况，可酌情选用相应药物。我们推荐应用塞来昔布0.2 g，bid，1～3天即可。

（2）解痉剂：适用于肌肉痉挛者，具体可选用乙哌立松50 mg，tid，5～7天即可。

（3）抗焦虑剂：一些患者在发作前及发作过程中，如伴随不同程度的焦虑症状，可配合应用抗焦虑剂，如阿普唑仑等。

6. 健康教育

在颈源性头痛患者的治疗过程中，临床医师要注意对患者进行必要的健康教育，内容包括以下几点：

（1）休息：在颈源性头痛患者的治疗过程中，休息十分重要，可减轻患者的工作压力和精神紧张，改善情绪。颈椎间关节的退行性变多由颈部外伤或长期劳损所引起，但许多患者并不适于手术治疗，因此患者的康复治疗显得非常重要。

（2）心理疏导：颈椎间关节退行性变的一个重要临床特征是慢性颈痛，而疼痛是一种主观症状，受患者心理影响较大。因此调整患者的心理状态对于治疗和康复均极为重要。应消除患者的悲观心理，用科学的态度向患者做这方面的宣传和解释，以减轻患者的思想负担。只要治疗得当，可以缓解患者症状。还要注意消除急躁情绪，要让患者认识到疾病的康复是一个相当长期的过程，争取患者积极配合各种治疗。

（3）注意保持良好的睡眠、体位和工作体位：人每天6～9小时是在睡眠中度过的，因此睡眠中将头颈部放在合适的位置对于预防因劳损引起的颈椎间关节疾病具有较重要的意义。一般认为，保持头颈部处于自然后伸位较为理想，枕头不要太高。工作中要经常变换体位,避免同一体位持续时间太久,坚持劳逸结合和做工间操,必要时则需更换工种。

(4) 注意自我保护和预防头颈部外伤:在生活、工作中,特别是乘车和乘飞机时,使用安全带可减少头颈部创伤的程度,减慢头颈部疾病的发展。

(5) 急性损伤应及时治疗:在急性损伤期,应注意保持卧床休息,采用颈托支具等进行颈部制动保护,必要时还可口服非甾类抗炎药物以消炎镇痛。尽量使受伤颈椎间关节的创伤反应减小至最低程度。卧硬板床休息,起床时用颈围保护。

急性期后,可适当开始体疗及自我推拿操作,使颈肌得以锻炼。适度的运动不仅可防止相对软骨面牢固地及连续地受挤压,而且可使关节软骨从滑液中得到营养,因此宜注意动静结合。

(6) 慎重按摩:对按摩治疗要慎重,许多患者经按摩后病情加重,有的还发生严重损伤。我们不主张病人进行按摩治疗。

(7) 预防调护:①适寒温,慎起居,参加体育锻炼,增强体质;②保持精神舒畅;③加强饮食调理:肝阳上亢者,禁食肥甘厚腻、辛辣发物,以免生热动风,而加重病情。肝火头痛者,可用冷毛巾敷头部。因痰浊所致者,饮食宜清淡,勿进肥甘之品,以免助湿生痰。精血亏虚者,应加强饮食调理,多食脊髓、牛乳、蜂乳等血肉有情之品。各类头痛患者均应禁食烟酒。

四 疗效评价及难点分析

1. 疗效评价目前存在的问题

颈源性头痛疗效评价以疼痛的主观评价为主,目前关于颈源性头痛的疗效标准,就全国范围来说,明显地存在一些问题:

（1）多数采用国家中医药管理局《中医病证诊断疗效标准》，但这些标准明显缺乏系统量化，不能全面、真实反映针刺疗法对颈源性头痛的量效特点。

（2）有关量表的选用较为单一。各种疼痛量表有其各自特点，不能相互替代，而多个量表的合用较单一量表的选用，更能从多角度反映病情及疗效。

（3）颈源性头痛以头痛为主要症状，但颈枕部或/及肩部症状和体征亦是诊断的主要标准，头颈部僵硬感以及颈椎活动度的治疗评分很少有文献涉及。

（4）针刺方法作为一种治疗手段，在操作上与对照方法（主要为药物）迥异，针刺临床研究要做到双盲十分困难，有时即使是单盲也比较困难，疗效的获得和分析难以排除心理因素的影响。对此问题，我们主要采取综合评定法进行针刺镇痛效应评定。

2. 常用评定方法

对颈源性头痛的评价内容，我们主要分为如下几方面评定：头痛程度的评分（我们采取 VAS 评分加权值）；头痛对日常生活行为的影响（六点行为评分）；头颈部僵硬感以及颈椎活动度评分（ROM）。同时观察即刻疗效、治疗结束后疗效及远期疗效（2 个月后）。

（1）目前国内外通用视觉模拟评分法（visual analogue scale, VAS）：该方法采用一条 10 cm 长的直尺，面向医生的一面标明 0~10 完整的数字刻度，面向患者的一面只在两端标明有 0 和 10 的字样，0 端代表无痛，10 端代表最剧烈的疼痛，直尺上有可移动的游标。让患者拉动游标，在直线或尺上标出自己疼痛的相应位置。医生可用尺子测量出疼痛强度的数值（或称评分）。对镇痛疗效的评价，我们采用视觉模拟评分加权值予以评估。VAS 加权值可观察疼痛变化的百分比，并可根据疼痛改变的幅度分析临床疗效。

VAS加权值=(治疗前 VAS 评分-治疗后 VAS 评分)÷治疗前 VAS 评分×100%(中华疼痛学会韩济生院士推荐)。这种镇痛疗效的评定法,是目前较为公认的评定法。

(2)六点行为评分(the 6-point behavioral rating scale,BRS-S):由 Budzynski 等人提出,将行为的改变列入了评分范围,主要用于治疗后的随访。该方法将疼痛分为6级:

①无疼痛;

②有疼痛,但易被忽视;

③有疼痛,无法忽视,但不干扰日常生活;

④有疼痛,无法忽视,干扰注意力;

⑤有疼痛,无法忽视,所有日常活动均受影响,但能完成基本生理需求如进食和排便等;

⑥存在剧烈疼痛,无法忽视,需休息或卧床休息。本研究中定义各级数代表相同的评分。

(3)头颈部僵硬感以及颈椎活动度评分(ROM):

1分:日常生活无影响,活动自如;

2分:有一定影响,活动程度、范围受限;

3分:影响很大,活动时僵硬、费力;

4分:基本不能活动。

临床报道中很少有人涉及该项治疗评分,头颈部僵硬感是颈源性头痛最主要的体征之一,临床发现颈源性头痛的病人都有不同程度的活动受限,为此将此评分作为评价中药特别是针刺效果的一个指标。

帕金森病诊治

帕金森病为第二大变性疾病,临床以运动迟缓、静止性震颤及肌张力增高为核心症状。在古代医学典籍中并无帕金森之病名,但对如震颤、振掉、强直、拘挛等帕金森病主要发病特征及相关病机要素的描述早在《黄帝内经》中已有记载。到隋唐时期已然认识一类患者同时存在有运动障碍、姿势异常、肌肉强直等症状的描述,但未具体提出疾病的命名。到明清时期,中医学百家争鸣,孙一奎首次提出"颤振"的命名,强调颤振是不能随意控制的,形象地说明了颤振的不自主性。当然,古代学者对本病的描述与近现代西方医学的"帕金森病"不尽相同,但其对症状的描述有一定参考价值。1991 年制定的《中医老年颤证诊断和疗效评定标准(试行)》中将帕金森病中医病名统一命名为"颤证"。2007 年出版的新世纪全国高等中医院校规划教材《中医内科学》(主编:周仲瑛,北京:中国中医药出版社)中将原有"颤证"的病名修改为"颤病",因此赵杨主任临证治疗帕金森病,均沿用"颤病"病名。

一 病因病机

祖国医学对帕金森病的认识源远流长,中国古代学者对颤证病机的认识各有争鸣。《内经》中认为该病的病因主要在于风寒、湿热、邪风恶血、劳伤以及情志过极、肝肾亏损等,尤其以肝风为主而病机是以肝肾亏虚为本,属本虚标实;巢元方则认为本病是由风邪入络、筋急挛缩所引起的;王肯堂著有《证治准绳·杂病》,认为本病多见于老年人,有肝肾阴虚的基础,更易罹患此病,在其中指出本病病机为:"夫老年阴血不足,少水不能制盛火";孙一奎在《赤水玄珠》中指出上实下虚、肾阴亏虚、肝火亢盛为本病病机,上实是痰火,下虚是肾亏;赵献可在《医贯·痰论》中指出内风的产生,与肾阴不足有关,而痰浊的产生,则与肾阳不足有关。肾阴不足,水不涵木,肝风内动,风邪挟痰阻络,络脉痹阻不通,则出现震颤、肌肉强直等症状。肾阳亏虚,火不暖土,脾阳虚衰,从而气血生化乏源,筋脉失于气血津液的濡养则出现动作迟缓等症状。至明代,楼英在《医学纲目·颤振》篇中写道:"此证多由风热相合,亦有风寒所中者,亦有风夹湿痰者,治各不同也。"认为本病在内风的基础上,夹杂有风热、风寒、痰湿,数种病理因素互相夹杂致病,认为除内风致病,外因也是本病重要的发病因素,并提出了相应的鉴别。

对于帕金森病的病因病机,近代医家也有不同看法。周仲瑛教授临证认为帕金森病病在肝肾,病机为肝肾阴虚,而其病理因素多为内风、痰、瘀三要素。三焦作为奇恒之腑,为体内气血运行之通道,本病当从三焦气化失常出发论治。郑绍周提出本病病位在肝脾肾,三脏功能减退为本虚,其中以肾虚为甚,而风、痰、火三邪为标实,故而治疗上以补肾为主,兼以活血、化痰、醒脑、开窍诸法。马云枝提出本病之根本在于肝脾肾,提出帕金森病属痰证的观点。过伟峰认为肝肾阴虚可能是帕金森病重要的病理基础,风痰瘀阻是发病过程中的重要证型,临床上亦以肝肾阴虚,风痰瘀阻两证居多。李果烈则认为阴阳失调、肝肾失养为本病重要的发病机制,风、火、痰、瘀为基本病理基础,并在此基础上提出滋补肝肾、调和阴阳的观点。鲍晓东则在本虚标实,病位在肝肾之基础上提出,正虚肺卫不固者,复感风寒湿之邪所致帕金森病,总属本虚标实。靳昭辉等采集118例帕金森病患者作为样本,得出结论:帕金森病以本虚为基础,肾虚髓减贯穿疾病的全过程,病位要素中以肾、脑、髓贯穿整个病程。韩咏竹则认为肝肾亏虚是该病的主要病机并夹杂风、痰、瘀等,以培补肝肾、散风、祛瘀、化痰为治则。安红梅等认为肾阴虚为帕金森病的基本病机。王一德认为帕金森病初期病机为肝肾亏虚、肝风内动,后期为筋脉痹阻、夹痰夹瘀。石忠认为肝风内动、筋脉失养是帕金森病的基本病机。

从古至今,虽然学者们对帕金森病病机的认识各有不一,归结本病的病因病机,多如《内经》云:"年过四十而阴气自半"。患者多在花甲发病,精血亏虚,髓海失充,肝木失养,虚风内动,继之虚实夹杂,证属本虚标实,以肝、脾、肾三脏亏虚为本,风、火、痰外邪为标。当代中医在此基础上对该病的认识有所发展。多数学者认为,本病病位主要在脑,病机关键在于髓海失充,脏腑之气渐衰,筋脉失荣,肢体失控。证属本虚标实,以虚为主,虚在肝脾肾三脏,实为风火痰瘀。而现代中医在继承前人对该病的认识基础上,结合现代医学常识,多认为本病病位主要在脑,病机关键在于脏腑之气渐衰,髓海不足,不能濡养肢体筋脉,进而肢体运动欠协调。

赵杨教授从事中医临床工作30余年,在前人的基础上总结了颤病的病因病机。他从八纲辨证的角度分析本病,认为本病多从肢体、筋骨之处起病,症状逐渐加重,脏腑机能逐渐衰退,病程中多见本虚标实之相,同时常有虚寒之肾阳虚表现,其发展趋势与转归属阴,病位属里,病性多虚,而病理性质属寒。综合以上,赵杨教授提出本病的发病关键在于肝肾,其中又以肾阳虚、肝血虚为重。

（一）肾阳虚为本

中医学认为肾为先天之本，脏腑之本，是机体阴阳消长之枢纽，主一身之阳气，五脏之阳气均有赖于肾阳的化生滋养。肾阳充盛，五脏之阳气亦可得到温养，机体脏腑关窍亦可以得到温煦推动，则人之精神充盛，筋骨亦强壮坚韧，行动敏捷。反之，若肾阳衰微，一身之阳气亦不充，脏腑肢体失养，可见行动迟缓、姿势不稳。《黄帝内经·素问》认为："肾生骨髓"同时又云"脑为髓之海"。而脑为元神之府，人的精神和生命活动的维系均有赖于脑髓充盛。若脑髓充盈，身体轻劲有力；若肾虚致髓海不充，则元神不归其位，可见思维不敏、痴呆愚笨。肾阳虚衰，失于气化温煦则夜尿频；肾阳不足，水液难以气化于上，水液输布失司，水涸舟停，则大便秘结不通；先天肾阳衰微日久，脾阳失于化生，脾阳不足，失于统摄，则多见涎唾。《素问·生气通天论》又云"五八，肾气衰……六八，阳气衰竭于上"提示了人至中年，阳气自衰，而帕金森病恰多为中年以后发病，故赵师认为帕金森病的发病与阳气虚衰密不可分，其中肾阳虚是关键。《素问·生气通天论》篇亦云："阳气者，精则养神，柔则养筋"，《黄帝内经素问校注》亦曰："阳气者，内化精微，养于神气，外为柔软，以固于筋。"赵杨教授从鼓舞阳气角度论治帕金森病，特别是从温养肾阳论治，可以有效改善患者症状，对于非运动症状疗效显著，故总结提出了肾阳虚衰为帕金森病的基本病机，治本当从温肾助阳角度论治。

（二）肝血虚为标

《素问·五藏生成》云："肝受血而能视，足受血而能步，掌受血而能握，指受血而能摄"，《素问·上古天真论》曰"七八，肝气衰，筋不能动,天癸竭,精少,肾藏衰,形体皆极。"《证治准绳》提出:"此病壮年鲜有,中年以后仍有之,老年尤多。夫老年阴血不足,少水不能治盛火。"认为若肝虚血少,不能濡养全身脏腑筋脉,可见头摇肢颤、四肢僵硬、麻木等症,此为虚风内生之象。《医宗必读》则认为肝肾乃同源同根、互化互生,言两者是:"血不足者濡之,水之属也,壮水之源,木赖以荣。"认为肝木充盛,乃肾水荣养之故。故应重视养肝血,血足则濡养筋脉之效显著。

(三) 肾阳虚与肝血虚关系

如前文所诉,《素问·上古天真论》早已言明:"五八,肾气衰……六八,阳气衰竭于上;七八,肝气衰,筋不能动,天癸竭,精少,肾藏衰,形体皆极。"由此可见肾阳衰的出现早于肝血虚。而《素问·生气通天论》又指出:"阳气根于阴,阴气根于阳,无阴则阳无以生,无阳则阴无以化。"赵师认为肾阳为阳,肝血属阴,阴阳本为互生,肾阳虚衰,必然导致肝虚血少。且肾阳虚衰与肝血不足存在着主从、标本的关系。《素问·阴阳应象大论》亦提出了阴阳之间的从属关系,即"阳生阴长,阳杀阴藏",因此阴阳之间阳为主导,即阳的变化起着主导、决定的作用。阳主阴从,肾阳虚衰起着主导作用,随着肾阳的日益虚衰,阳损及阴,肝肾本同源互化,肾阳虚衰,逐渐出现肝血不足之象,最终表现为以肾阳虚肝血虚之象。

帕金森病病程绵长,表现复杂,患者可能同时存在多种非运动症状,且大多症状可单独为病,甚至某些严重的非运动症状已经成为影响患者生活质量的主要因素。帕金森病非运动症状的发生率高、识别低、临床表现复杂、个体表现差异大,涉及多个系统,主要包含以下几大类:感觉障碍(最常见的包括嗅觉障碍、疼痛);精神障碍(抑郁、焦虑、错觉、幻觉、妄想等);睡眠障碍(包括失眠、日间过度嗜睡、快速眼动睡眠行为障碍及不宁腿综合征等)以及自主神经功能障碍(最为常见,发生率最高,包括心血管系统表现,如心率异常、体位性低血压、头晕等;消化系统表现,如流涎、吞咽困难、便秘等;泌尿生殖系统表现,如夜尿增多、尿急、尿失禁等)。

古今医家对非运动症状的病因病机未有统一定论,但均认为与帕金森病的病因病机密切相关,均不能脱离五脏之虚损,气血阴阳之亏虚,特别是与肝肾两脏密切相关。一些常见的非运动症状有:

(1)失眠

失眠多从"不寐"论治,其多为阳不入阴所致难以入寐、寐而易醒、醒后不能寐,时寐时醒、甚至彻夜不寐为特征。《难经》认为年老之人卧而不寐的病机是"血气衰,肌肉不滑……故昼日不能精,夜不得寐也";而《黄帝内经·素问》则云:"人卧血归于肝"又云"肝者,罢极之本,魂之居也……以生血气……此为阳中之少阳,通于春气。"《证治要诀》则指出老年人失眠可能是因阳气衰微所致,即"年高人阳衰不寐。"帕金森病多为中年以后发病,符合年老不寐的病机特点,因而主张从肝论治帕金森病失眠者甚多。

(2)便秘

大肠传导失常是便秘的基本病理基础,病位在大肠,并与脾胃肺肝肾密切相关。《黄帝内经·素问》云:"年四十而阴气自半也",又云"五八,肾气衰,发堕齿槁。"可见,人年过四旬,肾始衰,人亦开始步入衰老;而肾主水,司二便;肾精亏耗、阴津枯涸则肠道干涩;肾阳不足,命门火衰,则阴寒凝结。糟粕内停;故大便秘结不通。正应《医学正传·秘结》所说:"肾主五液……肾虚则津液亏虚而大便秘结。"因此《素问·至真要大论》说:"大便难……其本在肾。"而帕金森病多为中老年人共有之的疾病特点,决定了帕金森病便秘与肾脏,特别是肾阳关系密切的病机特征。

（3）流涎、夜尿频多

正应《内经病机十九条》所述："诸病水液，澄澈清冷，皆属于寒。"流涎、夜尿清冷多因肾阳不足失于温煦所致；肾主水司二阴，在液为唾，若肾气亏虚，固摄无权，上则多见涎唾不止，下则见夜尿频多；日渐发展肾阳衰微，肢体经筋失于温煦而见强直僵硬，肾阳虚衰温煦之功失用，不能温养周身，全身关窍失去温养，则全身腰膝冷痛动辄加重、形寒肢冷并见。可见肾阳衰微与流涎、夜尿清冷的发生密切相关。

（4）精神障碍

《素问·六节藏象论》述："肾者……封藏之本，精之处也"，即肾藏精，主五脏之阴阳。《素问·阴阳应象大论》又述"肾生骨髓"，即肾可化生精髓。脑为髓海，为元明之府，能主宰生命活动，主司精神活动和感觉运动。肾精亏虚，累及脑髓，髓海失养，则出现记忆力减退、痴呆愚笨、幻觉等神志精神方面改变。且心肾相交，水火既济，精神互用，肾藏精，心藏神，精能化气生神，为气、神之源，故精可全神。可见，帕金森病精神症状的发生与肾精亏虚、髓海失养密不可分。

赵杨教授研读经典，提出帕金森病非运动症状的发生与肝肾两脏，尤其是阳气不足密切相关。《素问·六节藏象论》云："肾者，主蛰，封藏之本，精之处也。"《素问·生气通天论篇》云："阳气者，精则养神，柔则养筋。"又有《黄帝内经素问校注》云："然阳气者，内化精微，养于神气，外为柔软，以固于筋。"肾主生殖，肾精不足，则发为阳痿等生殖功能障碍；肾气亏虚，肾阳不足，失于固摄，蒸化和推动作用减弱，膀胱开合失度，则夜尿频多，小便频急；肾阳不足，推动无力，津液不通，则发为便秘；肾气亏虚，固摄无权，则多见涎唾；肾主骨生髓，肾精亏虚，脑髓不充，则记忆力、智力的下降，甚至发为痴呆。肾水亏虚，肝失所养，疏泄不及，气机郁结，则情绪低落，悲伤欲哭，甚则发为抑郁；水不涵木，肝无以制，疏泄太过，肝气上逆，则失眠，烦躁，多疑易怒；肝在体合筋，其华在爪，肝血不足，筋不能濡养肢体，患者则易肢体麻木，关节屈伸不利；阳气不足，心神失养，则见失眠不寐、心烦抑郁。

二　温肾养肝方治疗帕金森病的理论依据

(一)"温肾阳,养肝血"理论渊源

历代医家认识颤病，认为其病位在肝肾，且多为肝肾阴虚及气血亏虚致病。一项纳入了116篇文献的研究显示，临床中阳虚的证型仅占0.9%，提出肾阳虚导致帕金森病的则鲜有。然则《医贯·痰论》提出"络脉不畅而出现震颤、肌肉强直。肾阳亏虚，又易形成火不生土，致脾阳虚衰。脾阳不足，气血生化无源，筋脉失养则出现动作迟缓。"阐述了肾阳虚与帕金森病的发生密切相关的观点古已有之。且"阳虚生风"其病理机制已然有完备的理论体系，"阳气虚—津液不足—经筋失其温煦及濡养—经筋发生异常运动—动风"，并提出真武汤为温肾阳的代表方剂，概因《伤寒论》云："身瞤动，振振欲擗地者，真武汤主之"。

赵杨教授认为本病的发生与肾阳虚、肝血虚关系密切，其中肾阳虚处于核心地位，而肝血虚处于次要地位，颤病患者临床症状复杂多变，涉及多个脏器，但其根本为肝肾二脏功能失调，故以"温肾阳""养肝血"为初心创立温肾养肝方。前期研究证实，此方能改善患者的非运动症状，提高患者的生活质量，疗效确切。

1. 肾阳虚、肝血虚与运动症状的关系

《素问·生气通天论篇》云："阳气者，精则养神，柔则养筋"，可见阳气在维持机体精神运动机能方面具有重要作用。《黄帝内经素问

校注》云："然阳气者,内化精微,养于神气,外为柔软,以固于筋。"认为本病病位在筋。近现代医家治疗颤病多以肝肾为重,而尤其重在补肾。随着对颤病病因病机认识不断发展,通过多年临床观察,赵杨教授在前人基础上进一步总结,指出帕金森病的核心病机为肾阳虚,而肝血虚为其发病的重要病机。

(1)肾阳虚与骨

肾阳虚源于肾中精气阴阳失衡,是疾病的最终走向。肾为先天之本,阴阳精气俱存,相互化生,肾中精气不足而无明显阴阳失调表现者均可称之为肾精不足。概因阴阳不足,气虚精损之轻重分为肾气虚、肾气不固、肾阴虚及肾阳虚等。肾主骨,藏精生髓,骨髓则为髓居于骨中者,骨的生长有赖于骨髓提供营养。正如《医经精义》所言"肾藏精,精生髓,……髓足则骨强",其不足者亦有《素问·脉要精微论》"骨者,髓之府,不能久立,行则振掉,骨将惫矣"。由此可见,肾阳不足者,骨髓生化无源,骨失所养,则见肢体僵硬、姿势异常、运动迟缓等症状。

(2)肾阳虚与脑髓

《灵枢·海论》云："诸髓者,皆属于脑"。脑为元神之府,具有主宰精神、意识、思维的功能。《类经》所谓"诸髓皆属于脑,故精成而后脑髓生",提出脑髓的发育与功能离不开肾精的调节。《医林改错》中指出"灵机记性不在心在脑"。髓海充盈是维持思维、意识的生理基础,反之可见认知障碍,反应迟钝。脑又主感觉运动,脑经由脑主元神而司运动,髓海充盈,生理功能正常,则动作协调,运动灵活;髓海干枯,清窍失养,则动作失调,疲惫懈怠。《医学衷中参西录》言："人之脑髓空者,知觉运动俱废,因脑髓之质,原为神之本源也。"因此,脑与帕金森颤证密切相关。因此,肾阳虚者,肾主骨生髓之力减弱,进而导致髓海空虚,临床可见运动迟缓,嗅觉减退,疲劳,认知障碍,幻觉等症状。

（3）肾阳虚与四肢筋脉

《扁鹊心书·手颤病》提道:"四肢为诸阳之本,阳气盛则四肢实,实则四体轻便。若手足颤摇不能持物者,乃真元虚损也。"因此,肾主一身之阳,肾阳亏虚则易致机体阳虚,阳虚则津液不能正常传输和布散,四肢经筋失去温煦和濡养,在帕金森病患者则表现为肢体颤动、肌张力增高。

（4）肝血虚与颤病

《素问·五藏生成》云"肝受血而能视,足受血而能步,掌受血而能握,指受血而能摄。"营血者,濡筋骨,利关节也。肝血滋养全身筋膜,维持其正常的生理功能。故肝血不足筋脉失养,运动功能减退,肢体僵硬,易于疲劳,手足震颤等。《素问·阴阳应象大论》曰:"肾生骨髓,髓生肝。""肾"通过"髓"生"肝"而体现"母子"联系。肝、肾、脑的生理功能,必然受到"髓"的调控。肾精与肝血,一荣俱荣,一损俱损,相互滋生,相互转化,正所谓"肝肾同源"也。肾藏精,肝藏血,精聚为髓,精髓化生为血,肾阳亏虚,肾藏精功能失调,则肝藏血功能减退导致肝血亏虚。因此肾阳虚是颤病发病的核心病机,肝血虚是颤病发病的重要病机。

2. 肾阳虚、肝血虚与非运动症状的关系

《医林改错》言"鼻通于脑,所闻香臭归于脑。"髓海不足者,脑主感觉功能失常,可有嗅觉减退,病久者脑髓不荣,则有智力下降;肾阳虚弱,统摄无权,可有流涎;肾开窍于二阴,肾阳虚者,蒸腾乏力,膀胱开合功能紊乱,则夜尿多,尿频,推动无力,发为便秘;肾阳来源于肾精的化生,肾阳虚者,肾之生殖功能下降,可见阳痿;肾主一身之阳,肾阳不足者,亦有心脾二脏阳气不足之表现,表现为寒冷乏力,神疲气短,失眠不寐等;肝藏魄藏血,肝血虚者,神魂不宁,可有精神恍惚、胡言乱语等精神症状,肢体筋脉缺少营血的滋养,可有肢体麻木,疼痛等症;肝血不足日久,肝失所养,疏泄不及,气机郁结,可有情绪低落,重者发为抑郁。

赵杨教授依据多年临床经验总结指出,颤病病位在肝肾,其二脏阴阳失衡为致病关键,故而调和阴阳是颤病辨治的重点。从八纲辨证的角度分析,运动迟缓为本病核心症状,表现为主动运动逐渐减少、始动困难、动作缓慢且幅度减少等,属阴;该疾病多责之于脏腑功能虚损,表现为"不足、松弛、衰退"的特征,为虚;而患者筋脉挛缩拘急出现僵直震颤,是为寒证;而帕金森病以里证为主,病程长,晚期气血阴阳俱损,正气不足,易感六淫邪气侵袭,表现为"表里同病"。前人研究认为本病临床证型中肾阴虚多见,但颤病多迁延反复,症状繁杂多变,且病因病机变化而发展,肾中之阴阳均起源于肾精,互藏互寓,又相互转化,随着肾阴亏虚这一病理过程的发生,必然伴随有肾阳不足,甚至阴阳两虚,因此肾阳虚则成为颤病的重要病机;而肝病常见的致病因素为肝风、肝郁及血虚,究其三因素,养肝血能够恢复其肝藏血之功,则肝风,肝郁及血虚自解;肝肾同源,肾又为先天之本,五行中肾水又可滋养肝木,故肾阳虚在颤病的发生发展中又重于肝血虚,因此,赵杨教授认为本病发病之根本为肾中阳气不足,肝血濡养之力弱,治疗当以温肾阳、养肝血为主,其中又以温肾为重。在此理论指导下创立温肾养肝方,几经修改,最终成方,名为温肾养肝方,本方是在中医理论的指导下,以"整体观念""辨证论治"思想为指导,结合我院几代中医多年的诊治经验拟成的方剂,临床运用安全有效,为治疗帕金森病的有效方剂。

(二) 温肾养肝方的组方和方解

温肾养肝方由肉苁蓉、白芍、乌药、益智仁、淮山药、钩藤组成。

本方以肉苁蓉为君,性甘、咸、温。归肾、大肠经。补肾阳,益精血,润肠通便,有温壮肾阳、填精益血之效,正应《神农本草经》述:"主五劳七伤,补中……养五脏,益精气";以白芍为臣,取其养血柔肝、敛阴止痉之意,因白芍酸苦,专入肝经,而《本草备要》亦述:"补血,泻肝,涩敛阴。"《玉楸药解》又言白芍"善治厥阴木郁风动之疾",既能"泄肝胆风火以清风木之邪",又能"养肝阴而和柔刚桀骜之威",为濡血柔筋、缓急止颤之良品。佐以乌药温肾行气、缩尿止遗,祛膀胱之虚冷;益智仁暖肾固精、温阳摄唾,《本草拾遗》言其"治小便余沥……夜多小便者",《本草备要》指出其"涩精固气……摄涎唾,缩小便";《神农本草经》言淮山药可"补中,益气力,长肌肉",《本草纲目》则言其"益肾气,健脾胃……化痰涎",具有益气养阴、固涩肾精之力;以钩藤为使平肝熄风止痉,同时制约肝阳,以免他药温燥化热,《本草纲目》曰:钩藤"手足厥阴药也……钩藤通心包于肝木,风静火息,则诸证自除。"上述诸药君臣配伍,在诸多温阳之品中,佐以养血平肝之品,意在阴中求阳,阳中求阴,以期收到阴阳并补之功,共奏肾阳得温、肝血得养之效,为治疗帕金森病非运动症状的有效方剂。

(三) 温肾养肝方的药理学研究

1. 单药研究

现代药理学对方中诸药有许多的研究基础。

肉苁蓉:实验表明,肉苁蓉提取物对 MMP^+ 介导的细胞损伤具有保护作用。此外松果菊苷作为肉苁蓉中主要有效成分,能够减轻亚急性帕金森病模型小鼠多巴胺能神经元的损害,抑制多巴胺含量的下降,可能与增加神经营养因子 GDNF 和 BDNF 表达与抗凋亡作用有关。

白芍:芍药主要提取成分芍药苷可以减少炎性因子(IL-1β、TNF-α)的表达,具有改善神经炎症和损伤及拮抗多巴胺能神经元凋亡等作用。

乌药:乌药对胃肠道平滑肌具有抑制性及兴奋性双向调节作用。口服乌药挥发油可以使大脑皮质和心肌兴奋,加速血液循环;外涂能缓和肌肉痉挛疼痛。

益智仁:益智仁中的一种活性成分为原儿茶酸,它可以使乳酸脱氢酶释放减少,并使得细胞氧化损伤减轻,抑制丙二醛的产生,使自由基清除能力增强,有较强的体内外抗氧化活性,肯定了益智仁的抗衰老及神经保护作用。

2. 复方成分研究

温肾养肝方是赵杨教授多年临床诊治帕金森病的经验大成,其临床疗效确切,值得进一步深入探讨。色谱分析显示本合剂中含量排名前三位的成分分别是:芍药苷(363.16 ug/mL)、薯蓣皂苷元(246.880 ug/mL)和松果菊苷(115.277 ug/mL)。药理学研究发现白芍甘能够拮抗神经毒性,抑制细胞凋亡,对于失眠,疼痛也有治疗作用。松果菊苷是一种强效抗氧化剂,研究发现,其能减少多巴胺能神经元受外源性毒素的影响,并通过提高多巴胺浓度实现修复受损神经元的功效。薯蓣皂苷通过抑制花生四烯酸代谢通路以减少炎性因子释放,减轻神经毒性。表明温肾养肝方中的有效成分具有抗氧化,修复神经元,减少神经元损伤的作用,证明其能改善帕金森病患者症状,具备理论基础。

三 温肾养肝方的临床科研与实验研究

(一) 研究生培养

赵杨教授创立温肾养肝方后进行了一系列相关临床研究与实验研究,培养临床医学硕士 22 人,药学硕士 1 人,在读硕士研究生 14 人;中医学博士 2 人,在读博士生 4 人。

1. 2020 年:基于脑肠轴理论探讨温肾养肝方调节肠道菌群治疗帕金森病的临床观察及实验研究(中医学博士)

研究结论:

(1) 临床研究

①温肾养肝方治疗帕金森病的临床疗效优于对照组，可减少患者抗帕金森药物剂量。

②温肾养肝方短期可缓解帕金森患者非运动症状，尤其是胃肠道症状。

③温肾养肝方以肠道为靶点治疗帕金森病，可改善帕金森病患者便秘症状、调节患者血液中脑肠肽水平。

（2）肠道菌群研究

①帕金森患者与健康人群肠道菌群存在差异：粪球菌、瘤胃球菌、乳杆菌、双歧杆菌类、毛螺菌较健康人群明显减少；杆菌、肠球菌、变形杆菌、克雷伯菌属在帕金森病患者中丰度较高。

②经温肾养肝方治疗后，帕金森病患者乳酸乳球菌、毛螺菌科、普雷沃氏菌丰度上升，绿弯菌门丰度较前下降。

（3）实验研究

温肾养肝方可调节帕金森小鼠的肠道菌群并在相关通路中有治疗作用，说明了温肾养肝方可能通过"微生物-肠-脑"轴发挥作用，改善患者症状，并为抗帕金森药物的研制提供了新思路。

①温肾养肝方具有显著的神经保护作用，其作用机制可能为通过调控 JNK 信号通路，进而抑制炎症和细胞凋亡。提示温肾养肝方可作为治疗帕金森病的潜在药物，同时为其治疗帕金森病提供了理论依据。

②温肾养肝方主要影响了帕金森病小鼠变形菌纲、毛螺菌科和拟杆菌科。温肾养肝方可增加有益菌属丰度，可降低有害菌属的大量繁殖，该复方可能从调节肠道菌群方面治疗帕金森病。中药复方具有多靶点整体调节的特点，在帕金森病治疗中有着独特优势。

2. 2019 年：芸芍帕安合剂治疗帕金森病的临床疗效及其自噬机制研究（中医学博士）

研究结论：

（1）临床研究

①芸芍帕安合剂能够改善帕金森病患者 UPDRS、NMSS 评分，全面改善患者运动症状与非运动症状，对非运动症状的改善更为明显。

②芸芍帕安合剂能够改善患者 PDQ-39 评分，全面提高患者生活质量。

③芸芍帕安合剂能够减少患者抗帕金森病药物的使用剂量。

④芸芍帕安合剂疗效稳定，安全。

（2）实验研究

①芸芍帕安合剂能够逆转 MPTP 慢性模型小鼠的行为学异常。

②芸芍帕安合剂能够减少黑质多巴胺能神经元凋亡。

③芸芍帕安合剂能够增强自噬，促进 MPTP 慢性模型小鼠 α-Syn 的清除。

④芸芍帕安合剂可能通过 JNK 介导的 Bcl-2 通路增强自噬，发挥神经保护作用。

3. 2019 年：温肾养肝颗粒的药学研究（中药学硕士）

研究结论：经临床使用多年发现，温肾养肝颗粒具有温肾扶阳、健脾益血的作用。在临床研究的基础上，采用现代中药研究技术，对温肾养肝颗粒进行制备工艺、质量标准和稳定性研究，为将其开发成治疗肾阳虚衰、肝血不足、脾虚气弱型帕金森病非运动症状中药六类新药提供了科学依据。

4. 2018 年：芸芍帕安合剂治疗帕金森病非运动症状临床观察（临床医学硕士）

研究结论：

①芸芍帕安合剂能够有效改善帕金森病患者的总体非运动症状及提高患者生活质量，其中对改善帕金森病患者的胃肠道症状及排

尿状况最优。

②芸芍帕安合剂对帕金森病患者运动症状及减少左旋多巴等效剂量、改善 H－Y 分级等方面无明显优势。

③芸芍帕安合剂在帕金森病治疗过程中无不良反应事件发生，临床应用安全。

5. 2015 年：温肾养肝方治疗帕金森病非运动症状的临床研究（临床医学硕士）

研究结论：

①温肾养肝方能够整体改善帕金森病患者的非运动症状，效果明显，而西药并未显示出对非运动症状的确切疗效。

②温肾养肝方能够显著提高帕金森病患者的生活质量，而西药在提高患者生活质量方面效果并不确切。

③温肾养肝方对运动症状的治疗效果与单纯服用西药相比并无明显优势。

（二）科研及人才项目

（1）"江苏省名中医"项目（江苏省卫健委），项目开始时间：2018 年；

（2）温肾养肝方调控 Grb2/Ras/Erk 信号通路干预帕金森病异动症神经元突触重塑的机制研究（国家基金委），项目开始时间：2018 年；

（3）江苏省第二批领军人才培养对象（江苏省中医药局），项目开始时间：2018 年；

（4）温肾养肝方对帕金森疾病修饰的临床观察和机制研究（南京市卫健委），项目开始时间：2018 年；

（5）南京市名中医（赵杨）工作室（南京市卫健委），项目开始时

间:2016年;

(6)温肾养肝方治疗帕金森病的临床观察和机制研究(南京市科技计划项目),项目开始时间:2016年;

(7)温肾养肝方早期干预便秘对帕金森疾病修饰的临床观察(江苏省中管局),项目开始时间:2015年;

(8)一种辅助治疗帕金森病的中药及其制备方法(国家专利局),项目开始时间:2020年;

(9)温肾养肝方通过 JNK 信号通路调节肠道菌群治疗帕金森病的机制研究(南京市卫健委),项目开始时间:2021年;

(10)帕金森病中医证候与黑质超声、嗅觉障碍相关性研究(南京市卫健委),项目开始时间:2023年。

(三)出版的专著

(1)《帕金森病防治158问》(人民军医出版社),出版时间:2016年;

(2)《脑卒中用药与调养》(金盾出版社),出版时间:2015年;

(3)《中风——中医特色疗法》(人民军医出版社),出版时间:2008年;

(4)《神经系统疾病鉴别诊断学》(第二军医大学出版社),出版时间:2008年。

(四)继续教育开展情况

(1)2020年12月18~19日,由江苏省中医药学会、南京医学会主办,南京市中医院、南京市第一医院、南京中医药学会承办的2020江苏省中医脑病专业学术年会暨脑病中西医结合诊治新技术进展学习班。

(2)2019年6月21~22日,由江苏省中医药学会、南京市中医院主办,江苏省、南京中医药学会脑病专业委员会与兴化市中医院联合承办的"2019 江苏省中医脑病专业学术年会暨脑病中西医结合诊治新技术进展学习班"（项目编号：T20191002022）在兴化市天宝大酒店成功举行。

（3）2019 年举办江苏省中医脑病学术年会暨中西医结合诊治新技术进展学习班。

（4）2019 年举办中西医结合诊治脑病暨赵杨教授学术思想研修班。

（5）2018 年举办江苏省中医脑病专业学术年会暨脑病中西医结合诊治新技术进展学习班。

（6）2018 年举办中西医结合诊治脑病暨赵杨教授学术思想研修班。

（7）2017 年举办江苏省中医脑病学术年会暨中医、中西医结合脑病进展学习班。

（五）近几年发表的相关文章

（1） Effect of Wenshen-Yanggan decoction on movement disorder and substantia nigra dopaminergic neurons in mice with chronic Parkinson's disease. 2020 年发表于 *Evidence-Based Complementary and Alternative Medicine*.

（2）中药联合针灸治疗周围性面神经麻痹急性期的临床研究. 2019 年发表于《辽宁中医杂志》。

（3）帕金森病患者发生便秘的影响因素. 2019 年发表于《广西医学》。

（4）补肾填精、化痰祛瘀通窍复法治疗卒中后认知功能障碍探讨. 2019 年发表于《江苏中医药》。

（5）Neuroprotective Effect of Echinacoside in Subacute Mouse Model of Parkinson's Disease. 2019 年发表于 SCI 电子期刊.

（6）中风急救合剂治疗缺血性中风急性期的理论探析. 2019 年发表于《中国中医急症》。

（7）论帕金森病的八纲辨证. 2019 年发表于《环球中医药》。

（8）温肾养肝法治疗帕金森病夜尿增多症经验总结. 2019 年发表于《环球中医药》。

（9）温肾养肝方早期干预便秘对帕金森疾病修饰随机对照研究. 2018 年发表于《西部中医药》。

（10）赵杨温肾养肝法治疗帕金森病探析. 2018 年发表于《中西医结合心脑血管病杂志》。

（11）赵杨教授治疗帕金森病失眠经验及验案举隅. 2018 年发表于《四川中医》。

（12）Echinacoside protects against MPTP/MPP +− induced neurotoxicity via regulating autophagy pathway mediated by Sirt1Metab Brain Disease. 2018 年发表于 SCI 电子期刊。

（13）Echinacoside's nigrostriatal dopaminergic protection against 6-OHDA-Induced endoplasmic reticulum stress through reducing the accumulation of Seipin Journal of cellular and molecular medicine. 2017 年发表于 SCI。

（14）温肾养肝方治疗帕金森病非运动症状 30 例临床研究. 2017 年发表于《时珍国医国药》。

（15）赵杨教授治疗帕金森便秘之经验. 2017 年发表于《中医药导报》。

参考文献

[1]黄志兰. 滋补肝肾、养血柔筋法治疗肝肾阴虚型帕金森病的临床观察[D]. 南京：南京中医药大学，2013.

[2]中华全国中医药会老年医学会. 中医老年颤证诊断和疗效评定标准[J]. 北京中医学院学报，1992(4)：39-41.

[3]王志英，叶放，周学平，等. 周仲瑛教授临证思辨特点概要[J]. 南京中医药大学学报，2007，23(1)：4-8.

[4]贾玉洁,刘云鹤,孟丹,等.韩景献针刺治疗帕金森病经验[J].辽宁中
医杂志,2017,44(1):48-50.

[5]古春青,赵铎.郑绍周教授采用补肾法治疗帕金森病经验[J].中医研
究,2016,29(3):56-57.

[6]张晶晶,马云枝.马云枝教授治疗帕金森病学术经验总结[J].中医临
床研究,2016,8(32):79-80.

[7]杨宁,过伟峰,刘卫国,等.300例帕金森病患者病机证素分布规律探
讨[J].南京中医药大学学报,2016,32(6):540-542.

[8]陆艳,李果烈.李果烈调治肝肾阴阳论治帕金森病的经验[J].江苏中
医药,2015,47(12):14-16.

[9]刘军,鲍晓东.鲍晓东论治帕金森病经验[J].浙江中医杂志,2016,51
(5):330-331.

[10]靳昭辉,田金洲,时晶,等.帕金森病中医证候特征研究[J].云南中
医学院学报,2014,37(6):23-26.

[11]杨秋水,李健,程楠,等.韩咏竹治疗帕金森病经验[J].安徽中医药
大学学报,2015,34(6):44-45.

[12]安红梅,胡兵,张学文.从肾阴虚入手证病结合治疗帕金森病思路探
讨[J].中国中医急症,2004,13(12):818-819.

[13]王一德.震颤麻痹综合征的中医辨治[J].安徽中医学院学报,1997,
16(3):42-43.

[14]石忠.从肝论治帕金森病的体会[J].福建中医药,2014,45(1):
44-46.

[15]魏维,蔡晶.帕金森病的中医证型分布及中医药治疗方药文献分析
[J].中医杂志,2013,54(20):1778-1782.

[16]张建斌,王玲玲.王玲玲教授"阳虚生风"论及启示[J].中医药学刊,
2006,24(9):1604-1606.

[17]陈畅.温肾养肝方治疗帕金森病非运动症状的临床研究[D].南京:南
京中医药大学,2015.

[18]王虎,李文伟,蔡定芳,等.肉苁蓉提取物对帕金森病细胞损伤模型的
保护作用[J].中西医结合学报,2007,5(4):407-411.

[19]赵卿.MPTP亚急性帕金森病小鼠模型神经行为学观察及松果菊苷对
其神经挽救作用研究[D].上海:复旦大学,2010.

[20]夏修文,陈桥桥,丁斗,等.芍药汤治疗溃疡性结肠炎的作用机制研究进展[J].成都中医药大学学报,2018,41(3):119-123.

[21]曹碧茵,孔岩,徐崀,等.芍药苷对MPP+所致大鼠黑质脑片多巴胺能神经元损伤的保护作用[J].中国药理学通报,2010,26(2):204-208.

[22]高学敏.中药学[M].北京:中国中医药出版社,2017.

[23]李敏,杨明会.帕金森病的中药现代药理学研究概况[J].人民军医,2009,52(3):181-182.

[24]Chen A H, Wang H Y, Zhang Y Q, et al. Paeoniflorin exerts neuroprotective effects against glutamate? induced PC12 cellular cytotoxicity by inhibiting apoptosis [J]. International Journal of Molecular Medicine, 2017, 40(3):825-833.

[25]刘洋,崔广智,张艳军,等.芍药苷对皮质酮损伤大鼠皮层神经元的预防性保护作用[J].中国中药杂志,2010,35(2):208-210.

[26]Zhou J Y, Wang L Y, Wang J X, et al. Paeoniflorin and albiflorin attenuate neuropathic pain via MAPK pathway in chronic constriction injury rats [J]. Evidence - Based Complementary and Alternative Medicine: ECAM, 2016, 2016:8082753.

[27]FengX Y, Zhu M, Zhang Q Q, et al. Selective protection of nigral dopaminergic neurons by echinacoside in a rat model of Parkinson disease induced by rotenone[J]. ZhongXiYi Jie He XueBao = Journal of Chinese Integrative Medicine, 2012, 10(7):777-783.

[28]Hong, Chen, . Echinacoside prevents the striatal extracellular levels of monoamine neurotransmitters from diminution in 6 - hydroxydopamine lesion rats[J]. Journal of Ethnopharmacology, 2007, 114(3):285-289.

[29]沈甜,王斌,李敏,等.栀子苷与薯蓣皂苷对脑缺血再灌注大鼠急性期和恢复早期炎性损伤机制研究[J].陕西中医,2017,38(4):531-533.

第三篇

赵杨教授临证经验及验案

从肝肾论治帕金森病流涎

一　临证经验

　　帕金森病(Parkinson's disease,PD)是中老年常见的一种神经系统退行性疾病,除运动症状外,非运动症状也常见。非运动症状包括神经系统症状、睡眠障碍、自主神经功能障碍及感觉症状等,成为临床研究的热点。有报道,帕金森病病人流涎发生率为32%～74%,流涎可能给帕金森病病人带来较多生活和社会活动的不便,造成社交尴尬,从而对帕金森病病人的生活质量、心理等方面产生消极作用。

(一) 传统中医认识

　　关于其发病机制,尚不明确。医家不断探索,见仁见智。孙淑兰认为口腔诸疾从脾论治。《素问·脉度》云:"脾气通于口,脾和则口能知五谷矣"。脾失健运,湿浊熏蒸不化,盈溢于口。《难经·三十四难》曰:"肾液为唾"。兰茂璞从肾阳亏虚理论,先天不足无以温化水液。

（二）赵杨教授对帕金森病流涎诊治的继承、创新及应用

1. 肝虚生风，口面失用

"肝藏血，心行之，人动则血运于诸经，人静则血归于肝脏"，肝贮藏血液，与人体各部分生理活动皆有密切关系。肝血充沛，则人体各脏腑组织得以润养。反之，易出现眩晕、经少、视力减退、肢麻、乏力、运动迟缓等一系列临床表现。《素问·痿论》谓："肝主身之筋膜"。筋附着于骨，连接肌肉、关节，依赖肝血濡润而致运动自如得当。若肝血亏虚，生源匮乏，血不养筋，筋脉拘急，肌肉运动失司，僵直不为所用。影响至面部、舌咽部等肌群，导致运动幅度明显降低及自主运动减弱甚至缺失，吞咽不利，涎液清除障碍而致口腔聚集过多，外溢而出，不能自控。《素问·至真要大论》曰："诸风掉眩，皆属于肝"，赵杨教授认为肝血易亏，血虚生风。风邪善行而数变，且易与六淫诸邪相合为病。《素问·阴阳应象大论》谓："人年四十而阳气自半也，起居衰矣"。帕金森病高发于 65 岁以上中老年人群，且发病率随着年龄增长而升高，因年老体惫，脏腑功能减退，脾胃失运，气血生源不足。邪气易乘虚入络，痹阻面部气血，无力运行，口面失用，涎液盈溢而出。流涎症状一定程度上增加了帕金森病病人的心理负担，社交、人际沟通及情感方面等，不能体现自身价值，造成自我孤立，抑郁状态凸显。赵杨教授提出流涎标在肝虚，肝主疏泄，气机不调，郁结而生，临床多同时合并情志抑郁、胸胁或少腹胀痛等。涎液属于津液，为各个脏腑组织存在及其分泌物，包括胃肠液、泪液、唾液等，维持人体的基本生命活动。临床可见口角流涎、夜尿频多等属于"津液输布失职"，涎液为阴，肝为"刚脏"，疏泄畅达机体的津液输布、全身气机、情志的平衡。

2. 肾虚失养，统摄无权

《难经·三十四难》云："肾液为唾"，涎唾同源。肾主藏精，受五脏六腑之精而藏之。先天之精为基础，赖以后天之精以资助，且为机体发挥重要的生理效应。唾为肾精所化，中老年帕金森病病人，肾精匮乏，失于开阖之力。肾气不固，失于封藏，可致精气流失，出现涎液溢出难收、小便频数、滑精、早泄等临床症状。肾为"水脏"，主五液，具有调节人体水液输泄功能。阴液不足，阴损及阳，阳气虚衰，肾阳温煦、推动功能减退。人体水液输布和排泄异常，打破体内水液代谢平衡，涎液难以自控，蕴于口中，量多而溢。气作为运动不息的细微物质，推运机体的新陈代谢，渗透人体的生命过程。同时气具有温煦、防御、固摄、中介、气化等作用。元气作为生命活动的原动力，根源于肾。"生于先天，而长于后天"，肾贮藏元气，帕金森病病人多为中老年人群，随着疾病进展，日久元气耗伤，五脏六腑精气亏虚。气机运动失调，则水液失去正常的潜藏，涎液无以收摄而异常增多。《杂症会心录·口角流涎》云："凡人夜卧之时，心静神敛，则肾气藏而廉泉穴闭。若老年肾阴亏而气不摄舌下两穴，瘄瘷皆开，侧卧枕间，口角流涎，液不藏矣"，帕金森病病人流涎多为夜间加重。赵杨教授鉴于多年临床经验及对帕金森病基本发病机制的见解，认为帕金森病病人多存在阳气亏虚之弊端，以肾阳虚为主。阳气不足，阴寒偏盛，四肢筋脉无以温煦柔养出现功能逐渐减退，主要为运动迟缓、肌肉僵直拘挛等临床表现。肾阳不足，命门火衰，故出现四肢不温、面色白、畏寒怕冷、腰膝酸痛、小便清长、涎唾清稀等。阳气虚损，气化失权，涎唾上泛而不收。《素问·至真要大论》谓："诸病水液，澄澈清冷，皆属于寒"，因而肾阳虚的帕金森病病人涎液多清冷、透明稀薄。赵杨教授认为治则当温补肾阳，用药以性味多甘温或咸温，如益智仁、鹿茸、菟丝子等温补肾阳之品。根据证候兼夹，临床多予以配伍。

赵杨教授总结多年临床诊治经验,结合中医藏象理论,认为帕金森病流涎症状与肝肾不足紧密关联,主要以肾阳虚为本、肝血不足为标。温肾阳、补肝血为根本治则,同时运用"三因治宜"的思维方式,施以辨证论治。赵杨教授以温肾养肝为大法,拟方以肉苁蓉为君,白芍为臣,益智仁、山药为佐,钩藤为使,临证加减以治疗帕金森病流涎症状。《本草汇言》:"养命门,滋肾气,补精血之药也"。肉苁蓉为平补之剂,温而不热,补而不峻,对肾阳不足,精血亏虚尤宜,当为君药。白芍归肝脾经,性味苦,微寒。《本草备要》:"补血,泻肝,益脾,敛肝阴"。白芍亦可调肝气,平肝阳,养肝阴之效。佐以益智仁下达于肾,补肾助阳,祛除下焦之寒,兼擅收涩,方可摄涎唾,不得外溢。两者配伍一散一收,温肾元、缩小便、涩精固气之功愈加彰显。《本草正》:"山药能健脾补虚,滋精固肾,治诸虚百损,疗五劳七伤"。该药性甘平,其功可补气血阴阳,亦可补肾固精。钩藤平肝熄风,为方中之使药。

二 验案举隅

某患者,男,69岁,2014年1月22日初诊。因"进展性左侧肢体震颤5年"至我院门诊就诊。

病人5年前无明显诱因出现左上肢静止性震颤,双下肢易感乏力,行走不稳,动作迟缓,饮水呛咳,翻身困难。发现唾液增多,日间说话时明显,夜间睡眠时常因流涎沾湿枕巾。外院诊断为帕金森病。平素服用美多芭(250 mg,每日2次)、金刚烷胺(100 mg,每日2次)、泰舒达(50 mg,每日2次),未予规律用药,病情控制欠佳。之后病人逐渐出现左下肢震颤,流涎症状尤为明显。刻下:左上肢静止性震颤,全身乏力不适,口角流涎,量多,质清稀。小便正常,大便干结,夜寐欠佳。观其舌脉,舌质淡胖,苔白滑,脉沉迟。专科查体:眼球活动正常,面具脸,左侧肢体肌张力增高,对掌捏合动作欠协调,双下肢叩地试验尚可,左侧偏差。前倾步态,有摇臂,后拉试验(±)。

赵杨教授辨证此案为颤病、肝肾亏虚证。考虑病人以肢体震颤、日间常口角流涎而不自知为主苦,主张中西医结合原则治疗帕金森病,建议调整抗帕金森病药物:加量美多芭(375 mg,每日 2 次)、金刚烷胺剂量频次不变(100 mg,每日 2 次),同时予以中药方剂补肾助阳、滋养肝血。具体用药如下:肉苁蓉 30 g,白芍 20 g,益智仁 20 g,淮山药 20 g,金樱子 15 g,钩藤 15 g,乌药 6 g。14 剂,水煎煮,30 mL,分早晚温服。

二诊:2014 年 2 月 6 日。病人服上药 14 剂后流涎症状较前改善,日间流涎频次较前减少,量仍多,质清稀,夜间流涎似有减少,但仍沾湿枕巾。左上肢静止性震颤、翻身困难、饮水呛咳症状缓解。病人自诉仍乏力明显,腰膝酸软,畏寒怕冷,易出汗,动辄尤甚。予原方加减,乌药加量至 10 g,加用黄芪 15 g、五味子 10 g。14 剂服法同前,未调整抗帕金森病药物。

三诊:2014 年 2 月 20 日。病人自觉昼间流涎症状不显,夜间流涎情况改善,量少不足以沾湿枕巾。诸症改善,加减后守方 6 个月以巩固治疗。调整抗帕金森病药物:美多芭(250 mg,每日 2 次)、金刚烷胺(100 mg,每日 2 次)。

按语 《证治准绳》云:"此病壮年鲜有,中年以后乃有之,老年尤多"。随着年龄增长,肾精日渐空虚,脏腑功能衰退。损其阴阳,气血乏源,筋脉失养。病人为老年男性,年近七旬,肝肾不足,精血亏虚。肝血不足,血不养筋,无以濡养筋脉,肌群运动障碍而涎液难止。发病日久,肾阳渐损,温煦不行,无力气化而涎液外溢。赵杨教授认为本证主要为肝血虚、肾阳虚,治则宜温肾养肝,收涩止涎。方中重用辛温,主归肝肾之品,肝血得充养,肾阳得温补,则涎液方可止。病人随诊 6 个月,其间抗帕金森药物未做调整,中药守方继进,病人及家人诉日夜减流涎症状改善明显,病人自觉震颤及运动迟缓症状较前有所改善,专科查体未见明显变化,积极随访。

赵杨教授总结:帕金森病患者伴流涎,根本病机仍不离肾阳肝血亏虚,治法仍遵温肾养肝,临床加减用药。虚证难补,帕金森病患者多病程日久,缠绵不愈,因此中药疗程可适当延长,守方观效。

参考文献

[1]Kalf J G, Bloem B R, MunnekeM. Diurnal and nocturnal drooling in Parkinson's disease[J]. Journal of Neurology, 2012, 259(1): 119 - 123.

[2]孙淑兰. 口腔诸疾从脾论治举隅[J]. 河北中医, 2000, 22(7): 517.

[3]兰茂璞. 肉桂外治小儿口角流涎[J]. 中医杂志, 1983, 24(8): 78 - 79.

[4]蔡娟, 陈卫银, 杨芳. 浅谈从肝论治帕金森病伴发抑郁障碍[J]. 四川中医, 2012, 30(12): 26 - 28.

[5]罗玮, 刘玲, 艾乐. 从肝论治帕金森病之失眠[J]. 光明中医, 2012, 27(10): 2070 - 2071.

[6]杜小静, 孙政, 马建军, 等. 流涎对帕金森病患者生活质量的影响[J]. 中华老年心脑血管病杂志, 2017, 19(3): 288 - 291.

[7]王明哲, 孙传河, 高鹏琳, 等. 补肾敛涩方改善帕金森病患者流涎与夜尿症状的临床观察[J]. 上海中医药大学学报, 2017, 31(2): 33 - 35.

[8]唐莉莉, 赵杨, 梁艳. 赵杨教授治疗帕金森便秘之经验[J]. 中医药导报, 2017, 23(7): 103 - 104.

[9]陈畅, 梁艳, 唐莉莉, 等. 温肾养肝方治疗帕金森病非运动症状 30 例临床研究[J]. 时珍国医国药, 2017, 28(3): 636 - 638

治疗帕金森病失眠

一 临证经验

帕金森病(Parkinson's disease,PD)是一种中老年人常见的进展性中枢神经系统变性疾病,近年来发病人数显著上升,据统计,80 岁以上人群发病率约为 1.9%。主要临床表现为静止性震颤、肌强直、运动迟缓和姿势步态异常等,目前帕金森病的非运动症状也逐渐成为研究的热点,其中失眠对患者造成的严重影响受到越来越多的关注。

(一) 传统中医药对本病的认识

古代医籍并无帕金森病病名的记载,从其临床表现,当属中医学"颤证""振掉""颤振""震颤"等范畴。关于本病发病原因历代医家论述颇多,《素问·脉要精微论》云:"头者精明之府,头倾视深,精神将夺矣。背者胸中之府,背曲肩随,府将坏矣。腰者肾之府,转摇不能,肾将惫矣。膝者筋之府,屈伸不能,行则偻附,筋将惫矣。骨者髓之府,不能久立,行则振掉,骨将惫矣。"《证治准绳·颤振》云:"此病壮年鲜有,中年以后乃有之,老年尤多。夫老年阴血不足,少水不能制盛火。"

（二）赵杨教授对帕金森病失眠诊治的继承、创新及应用

1. 赵教授对帕金森病失眠病因病机的见解

赵教授认为本病的病机主要为肝肾亏虚，肝风内动，筋脉失养。病位在筋脉，与肝、肾、脾密切相关。失眠属于中医"不寐"范畴，《冯氏锦囊秘录·卷十二》曰"老年阴气衰弱，则睡轻而短"，其总病机为阴衰阳盛，阴阳失交。不寐多高发于老年人群，且年高肾虚是其主要病理基础。赵教授指出帕金森病失眠的病因较为复杂，本病乃本虚标实之证，临床上以虚实夹杂者多见，帕金森病失眠多发生于老年患者，肝肾亏虚，气血不足，心失所养，心神不安而致不寐，久则因虚致实，虚实夹杂。因此，应从治病求本的角度，分清标本虚实，当以补虚泻实，调整脏腑阴阳。临床常见的虚证主要有肾阳虚衰、肾阴亏虚和心脾两虚，而实证则以肝郁气滞及瘀阻脑络为主。

2. 赵教授辨治经验及遣方用药特点

（1）从肾阳论治

古今医家，多从阴论治失眠，赵杨教授医心独运，从肾阳论治失眠，形成了独到的见识。《伤寒论》中"下之后复发汗，昼日烦躁不得眠……干姜附子汤主之""伤寒脉浮，医以火迫劫之，亡阳，必惊狂，卧起不安者，桂枝去芍药加蜀漆牡蛎龙骨救逆汤主之"，该论述明确指出阳虚可致不寐。本证患者可见难以入睡，寐而易醒，多梦，倦怠乏力，怕冷，自汗，夜尿多，便秘，舌淡，苔白，脉沉。赵教授根据多年临床经验自拟温肾养肝方，即肉苁蓉、乌药、益智仁、炒山药、钩藤等组成，取得了较好的效果。方中肉苁蓉温补肾阳、润肠通便；乌药温肾散寒；益智仁温脾暖肾、涩精缩尿；炒山药补肺、脾、肾；钩藤入心、肝经，在本方中制肝阳，以免它药温燥引动肝阳。

（2）从肾阴论治

《古今医统大全·不寐》曰："肾水不足，真阴不升而心阳独亢，亦不得眠。"《冯氏锦囊秘录》曰："壮年人肾阴强盛，则睡沉熟而长，老年人阴气衰弱，则睡轻微易知。"认为不寐与肾阴盛衰有关。《类证治裁·不寐》认为"阳气自动而之静，则寐；阴气自静而之动，则痞；不寐者，病在阳不交阴也。"该文亦指出阴盛阳衰，阴阳失和是不寐的病机。帕金森病患者肾阴亏损，肾中之阴不能上承，不能制约心火进而致心火偏亢，失于下降，神志不安而致不寐。此类患者可见失眠、烦躁、头晕、口干、舌红苔少、脉细数。临证多以滋阴补肾、交通心肾之法，方取黄连阿胶汤加交泰丸加减。常选用黄连、黄芩、肉桂、芍药、阿胶、枸杞子、女贞子、夜交藤等。方中黄连、黄芩清心除烦，枸杞子、女贞子补肾滋阴，肉桂引火归原，芍药及阿胶滋阴养血，夜交藤养心安神。

（3）从心脾论治

《灵枢·营卫生会》中认为"老者之气血衰，其肌肉枯，气道涩，五藏之气相搏，其营气衰少而卫气内伐，故昼不精，夜不暝。"《景岳全书·不寐》中说："无邪而不寐者，必营气不足也，营主血，血虚则无以养心，心虚则神不守舍。"《类证治裁·不寐》云："思虑伤脾，脾血亏损，经年不寐。"赵教授认为帕金森病患者年迈血少，气血暗耗，心血亏虚，心失所养而致不寐或久病脾虚，中焦运化无力，气血乏源，心神失养而不得眠。主要表现为多梦易醒、健忘、倦怠乏力、精神萎靡、少气、舌淡苔白、脉细弱。主张采用益气健脾、养血安神对该证型患者加减遣方以治之。基础方为归脾汤，主要药物有党参、黄芪、茯苓、白术、当归、远志、木香、酸枣仁。赵教授指出若患者伴有明显纳差，可重用白术和木香，并配伍砂仁、焦山楂、焦神曲等醒脾开胃之品。不寐较重者或出现焦虑，加生龙骨、生牡蛎及珍珠母以镇心安神，夜梦较多时加用夜交藤、合欢皮、柏子仁养血安神。

（4）从肝论治

《血证论·卧寐》云："人寤则魂归于目，人寐则魂归于肝。"赵教授强调帕金森病病程中可出现焦虑、抑郁等非运动症状，加之该病病程较长、难以治愈，且严重影响生活质量，患者压力较大，常出现焦虑情绪。此外研究显示目前常用的抗帕金森病药物可引起抑郁等不良反应。肝主疏泄，调畅气机，若情志不畅则肝失调达，症见：失眠多梦、焦虑、抑郁、心烦、舌淡苔薄白、脉弦细。当疏肝理气、行气解郁，赵教授多选用柴胡、芍药、枳壳、陈皮、郁金、延胡索、薄荷等。若见噩梦、梦中尖叫、肢体抖动剧烈，加磁石、生龙骨及生牡蛎镇心安神，而抑郁、精神恍惚者加柏子仁、酸枣仁及百合以养心安神。肝郁化火而见急躁易怒、口苦、便秘，可清肝泻火、通便泻热，以龙胆泻肝汤加减，同时辅以黄连、焦山栀，佐使大黄泻热去实。

（5）从瘀论治

赵教授进一步指出帕金森迁延不愈，应循"久病入络""久病必瘀"辨证施治，且患者常情志不畅，初则肝郁气滞，日久可致气滞而见血行不畅，停而为瘀，阻于脑窍，神明被扰可见不寐。《医方难辨大成》所谓"气血之乱皆能令人痞寐之失度也"。清代王清任《医林改错》首创血府逐瘀汤云"夜不能睡，用安神养血药治之不效者，此方若神"，"不寐一症乃是气血凝滞"。有研究发现在有血瘀兼证或无血瘀兼证的失眠患者中，使用活血化瘀法可明显缓解患者的失眠症状。本证患者可出现失眠、头痛、舌质暗紫或有瘀斑，脉弦细涩，赵教授认为可用血府逐瘀汤随证加减治疗。此外，丹参具有活血化瘀、凉血安神的作用，郁金可活血化瘀、清心凉血，临证时可酌情用此二药。

赵教授认为目前西医仍无治疗帕金森特效药物，而中医药逐渐显现出独特的疗效，为治疗帕金森失眠提供了新的思路，着重分清标本虚实,从肝肾论治帕金森失眠,并创造性地拟出了温肾养肝方,在临床上取得了良好的治疗效果。

二 验案举隅

姚某某,女,75 岁,2017 年 4 月 11 日初诊。患者因双上肢抖动 5 年余、右下肢抖动 2 年余就诊。

患者 5 年前无明显诱因下右手不自主抖动,随后患者逐渐出现左手抖动,静止时明显伴动作缓慢,在当地医院诊断为帕金森病,予以美多芭、森福罗治疗,效果欠佳。2 年前患者出现右下肢抖动伴行走迟缓,近 2 月来患者觉肢体抖动较前明显加重,失眠多梦。刻下:双上肢及右下肢静止性震颤,行动迟缓,入睡困难,多梦易醒,畏寒怕冷,小便清长、夜尿多,大便秘结,饮食欠佳,舌质淡,边有齿痕,脉沉迟。查体:神清,精神一般,心肺腑未见异常,眼球活动正常,面具脸(+),对掌及捏合欠协调,双上肢及右下肢肌张力增高,行走拖拽,右下肢扣地较差,后拉试验(++)。诊断:中医诊断:颤病,证型:肾阳亏虚。西医诊断:帕金森病。处方:美多芭 1/2 片,每日 4 次;息宁 1 片,每日 2 次,森福罗 1/2 片,每日 3 次。中医辨证论治:治以温肾养肝。用药:肉苁蓉 30 g,乌药 20 g,益智仁 30 g,炒山药 20 g,制首乌 15 g,钩藤 20 g,夜交藤 20 g,酸枣仁 20 g,柏子仁 15 g,7 剂,日 1 剂,分 2 次水煎服。

二诊:2017 年 4 月 18 日,药后诸症有所减轻,肢体抖动稍好转,便秘改善,入睡困难稍好转,但噩梦多、梦中尖叫。前方加生龙骨 20 g,生牡蛎 20 g,珍珠母 20 g,7 剂,日 1 剂。

三诊:2017 年 4 月 25 日,患者睡眠明显改善,仍以原方 7 剂巩固疗效,现仍门诊随诊治疗中。

按语　赵教授认为该患者久病体虚,肾阳亏虚,虚阳浮越,阳不入阴,发为不寐。治以温肾养肝,方中肉苁蓉温补肾阳,乌药温肾散寒,益智仁温脾暖肾,炒山药补肺脾肾,制首乌补肝肾、益精血,夜交藤、酸枣仁及柏子仁养心安神。二诊时患者症状改善,但噩梦多、梦中尖叫,遂加用生龙骨、生牡蛎及珍珠母镇心安神。

参考文献

[1]Delamarre A, Meissner W G. Epidemiology, environmental risk factors and genetics of Parkinson's disease[J]. PresseMedicale (Paris, France: 1983), 2017, 46(2 Pt 1): 175 - 181.

[2] Garcia-Ruiz P J, Chaudhuri K R, Martinez-Martin P. Non-motor symptoms of Parkinson's disease A review⋯ from the past[J]. Journal of the Neurological Sciences, 2014, 338(1/2): 30 - 33.

[3]王微. 中医方药治疗失眠研究现状[J]. 甘肃中医, 2011, 24(1): 68 - 70.

[4]陈静. 不寐的五脏论治[J]. 云南中医中药杂志, 2014, 35(11): 88 - 89.

[5]Borovac J A. Side effects of a dopamine agonist therapy for Parkinson's disease: A mini-review of clinical pharmacology[J]. The Yale Journal of Biology and Medicine, 2016, 89(1): 37 - 47.

[6]潘宋斌, 董梦久, 田金洲. 失眠与瘀血的关系[J]. 湖北中医学院学报, 2005, 7(4): 43 - 44.

温肾养肝法治疗帕金森病

一 临证经验

帕金森病(Parkinson's disease,PD)是一种在中老年人中十分常见的神经系统变性疾病,主要表现为静止性震颤、肌肉强直、运动迟缓和姿势步态异常等典型的运动症状,以及睡眠障碍,如入睡困难、早醒、片段睡眠、不宁腿综合征、日间打盹、梦魇等;精神障碍,如抑郁、焦虑、认知障碍、幻觉、淡漠;自主神经功能障碍如直立性低血压、多汗、便秘、排尿障碍、流涎;感觉障碍,如麻木、疼痛、痉挛等,临床表现复杂、发生率高、识别低、个体表现差异大的非运动症状,目前治疗上仍有较多症状控制效果欠佳。帕金森病患病率、发病率随年龄的增长而成倍升高,50～59 岁人群,患病率为 133/10 万;60～69 岁人群,患病率为 422/10 万;70～79 岁人群,患病率为 825/10 万;80 岁以上人群,患病率为 1663/10 万。帕金森病严重危害中老年人的健康及生活质量。

(一) 传统中医药对本病的认识

根据帕金森病的主证特点,归属于中医"颤证"的范畴,主症为震颤、肢体僵硬,行动缓慢等。然对其基本病机说法繁多,至今无统一定论,但大多医家认为该病病性总属本虚标实,本多责之于肾肝脾不足或气血阴阳亏虚,而标则多为痰凝、血瘀、风动等。治疗上多主张补益肝肾、益气养血、活血化瘀、熄风止痉。

(二) 赵杨教授对帕金森病诊治的继承、创新及应用

赵杨教授从事中医临床、教学及科研工作三十年,在帕金森病的诊疗方面积累了丰富的临床经验,认为帕金森病应当从肾阳虚、肝血虚立论,立温肾养肝法治疗帕金森病。

1. 基本病机,论肾阳虚、肝血虚致病

（1）肾阳虚为本

《素问·生气通天论篇》云:"生之本,本于阴阳,阳气者,若天与日,失其所则折寿而不彰,故天运当以日光明",可见人之一统于阳气,阳气为生命之根,精神之宅,而肾阳为一身阳气之根本,能推动和激发脏腑经络的各种机能,温煦全身脏腑形体官窍,进而促进精血津液的化生和运行输布。肾阳充盛,脏腑形休官窍得以温煦,其功能活动得以促进和推动,各种生理活动得以正常发挥。《素问·生气通天论篇》又云"五八,肾气衰,发堕齿槁,六八,阳气衰竭于上,面焦,发鬓斑白。"人至中年,阳气渐衰,而帕金森病恰多为中年以后发病,故赵杨教授认为帕金森病的发病与阳气虚衰,特别是与肾阳虚衰有密切关系,盖因肾阳虚衰,失于温煦,筋脉不用可致头摇肢颤,筋脉拘挛,畏寒肢冷,四肢麻木,心悸懒言,动则气短,自汗,小便频数,并见行动迟缓、姿势不稳;肾阳虚衰,失于固摄,则见夜尿频多;肾阳不足,推动无力,津液不通,则发为便秘;肾阳虚衰,固摄无权,则多见涎唾。此外,阳虚则内寒生,则可见肢体拘紧,筋急不利,肌张力增高,呈铅管样或呈齿轮样,如冻僵一般。《素问·生气通天论篇》亦云:阳气者,精则养神,柔则养筋。《黄帝内经素问校注》曰:阳气者,内化精微,养于神气,外为柔软,以固于筋。同时,赵杨教授在多年临床实践中发

现,从鼓舞阳气论治帕金森病,特别是从温养肾阳角度治疗帕金森病人,能明显缓解帕金森病病人运动症状及非运动症状,特别对于非运动症状疗效显著。故赵杨教授提出了肾阳虚衰为帕金森病的基本病机,治本当以温肾助阳角度论治。

（2）肝血虚为标

《素问·五藏生成》云:"肝受血而能视,足受血而能步,掌受血而能握,指受血而能摄。"《素问·上古天真论》曰"七八,肝气衰,筋不能动,天癸竭,精少,肾藏衰,形体皆极",王肯堂《证治准绳·颤振》进而提出:"此病壮年鲜有,中年以后仍有之,老年尤多。夫老年阴血不足,少水不能治盛火"。盖因肝血不足,筋不得濡养,还可出现手足震颤、肢体麻木、屈伸不利等征象,即血虚生风之象。故赵杨教授认为治疗应重视养肝血,以起到养血柔筋之效。

（3）肾阳虚与肝血虚关系

《素问·上古天真论》云:"五八,肾气衰,发堕齿槁,六八,阳气衰竭于上,面焦,发鬓斑白,七八,肝气衰,筋不能动,天癸竭,精少,肾藏衰,形体皆极"由此可见肾阳衰的出现早于肝血虚。《素问·生气通天论》曰:"阳气根于阴,阴气根于阳,无阴则阳无以生,无阳则阴无以化"。赵杨教授认为肾阳为阳,肝血属阴,从阴阳互根理论论述,肾阳虚衰日久,必然导致肝血不足。然赵杨教授认为,肾阳虚衰与肝血不足存在着主从、标本的关系。《素问·阴阳应象大论》曰:"阳生阴长,阳杀阴藏"阴阳之间阳为主导,即阳的变化起着主导、决定的作用。阳主阴从,肾阳虚衰起着主导作用,随着肾阳的日益虚衰,逐渐出现肝血不足,故赵杨教授认为肾阳虚衰为本,肝血不足为标。

2. 治疗原则

（1）温肾阳以治本

在治疗帕金森病时,对于震颤不明显,以僵直型为主,伴肠燥便秘、流涎、夜尿频多等非运动症状明显的病人，多责之肾阳虚衰，当以温煦肾阳，推动全身阳气为先，故临床常用肉苁蓉温肾助阳，益精填血。《神农本草经》言肉苁蓉"主五劳七伤，补中……养五脏，益精气，久服轻身。"同时配合温下元，调下焦冷气及温补肾阳，收敛固涩、缩小便、摄涎唾之品。在温肾阳以治本的基础上，兼顾帕金森病引起的自主神经功能障碍所造成的肠燥便秘、流涎、夜尿频多等症状。

（2）养肝血以治标

阳为阴之使，阴为阳之守，无阳则阴无以化，无阴则阳无以生。肾阳虚衰则阴失其守，则阴血无以化。故临床上帕金森病亦表现出肝血亏虚的多种症状，如血虚生风，则手足震颤、肢体麻木、屈伸不利。同时血虚致心神失养，阴阳失调，则出现入睡困难、早醒、梦魇等表现为睡眠障碍的非运动症状。故多用白芍以养血柔肝，敛阴止痉，因白芍酸苦，专入肝经，《本草备要》言其"补血，泻肝，涩敛阴"。配伍淮山药平补气血阴阳，同补脾肺肾脏。《神农本草经》言淮山药"补中，益气力，长肌肉"。此二药合用以养血柔肝，平补气血。在缓解震颤、屈伸不利的同时，兼顾加入酸枣仁等养血安神之品以改善失眠、入睡困难等睡眠障碍。此外，临床常加入钩藤，因其味甘性凉，入肝与心包二经，《本草纲目》："大人头旋目眩，平肝风，除心热"。用以约制肝阳，以免它药温燥引动肝阳。

（3）标本兼顾肝肾同源

肾阳虚衰，则肝血属阴无以化；肝血不足，亦致阳失其使，故肾阳亦无以生。然善补阳者必于阴中求阳，则阳得阴助而生化无穷；善补阴者必于阳中求阴，则阴得阳升而化源不竭。故赵杨教授认为治疗帕金森病当以温肾养肝为法，且温肾阳为主，养肝血为辅，标本兼顾，阴中求阳，阳中求阴，以期收到阴阳并补之功，共奏肾阳得温，肝血得养之效。

二 验案举隅

某患者,男,72岁,2014年6月4日首诊。主诉:步态不稳8年,加重伴左上肢抖动3年,右上肢抖动1.5年。

病人8年前无明显诱因下出现行走不稳,动作迟缓,外院诊断为帕金森病,并予多巴丝肼(美多芭)治疗,症状改善。3年前开始出现左上肢抖动,静止时明显,1年半前开始出现右上肢抖动,半年前症状加重,并发展至左下肢不自主抖动,已服用美多芭治疗7年,现美多芭维持时间较短,目前美多芭125 mg,每4小时1次。现为求中医药治疗前来就诊。症见:步态不稳,双上肢静止性震颤,左侧较右侧明显,左下肢静止性震颤不明显,翻身困难,睡眠中流涎,时感心慌,出汗增多,夜尿频,每晚4~5次,入睡困难,入睡后梦话多,纳食可,大便干,每日1次,有排便不尽感。查体:眼球活动正常,面具脸,四肢肌张力增高(下肢大于上肢,左侧大于右侧),对掌捏合扣地差,慌张步态,后拉试验阳性。舌质暗,苔少,脉弦细无力。诊断为颤证,证属肝肾亏虚,血虚风动,治宜温肾养肝,养血止颤。处方:肉苁蓉、白芍、山药、酸枣仁、钩藤(后下)等,28剂,每日1剂,水煎服,分两次温服。口服抗帕金森药物:美多芭125 mg,每天4次;卡左双多巴控释片(息宁)125 mg,每天2次。

二诊:口服中药4周后,自诉双上肢抖动稍有减少,步态不稳改善,入睡困难时间缩短,梦话减少,流涎较前好转,仍有双下肢乏力,翻身困难,夜尿多,大便偏干。舌淡苔薄,脉细滑,抗帕金森药物未调整,续原方服用。

三诊:病人服中药6个月,静止性震颤,步态不稳,入睡困难、梦多,翻身困难,大便干均有明显改善。夜尿频多较前好转,每晚3~4

次。舌淡苔薄,脉弦。查体:眼球活动正常,下颌及四肢静止性震颤基本消失,四肢肌张力稍高(左侧高于右侧),对指捏合稍差,叩地左侧差,步态正常,摆臂存在,后拉试验可疑阳性。予继续原方续服 14 剂,稳定病情,调整抗帕金森药物为美多巴 125 mg、250 mg、125 mg 早中晚各 1 次,卡左双多巴控释片(息宁)125 mg 早晚各 1 次。

按语 本例病人年逾七旬,阳气自衰,失于固摄,故汗多;阳虚阴盛,阴阳失衡,阳不入阴,故夜寐欠佳,入睡困难,梦多;肾在液为唾,开窍于前后二阴,肾虚不能摄唾,故兼流涎增多;阳气虚衰,失于固摄,气化不利,故见小便清长、夜尿频多;肝肾同源,精血互生,肾虚日久累及肝血,则肝血亏虚,内风扰动,则见肢体颤掣,活动不利。气血津液生化之源,脏腑失养而见心慌气短。其基本病机为肾阳虚衰、肝血不足、百骸失养;治以温肾养肝、养血止颤。处温肾养肝方调治,以达温暖肾阳,滋养肝血之功。本例病人在服用中药半年后,运动症状及非运动症状得以明显改善,特别是在非运动症状方面,诸如睡眠困难、流涎、夜尿频多、便秘等改善明显,现病情趋于平稳,定期随访。

参考文献

---

[1]吴江,贾建平. 神经病学[M]. 3 版. 北京:人民卫生出版社,2015.

[2]姜文霞,张新化,顾晓松. 帕金森病的发病机制和治疗研究进展[J]. 交通医学,2016,30(1):1-7.

[3]陈苏毅,张险平. 帕金森病患者非运动症状的研究进展[J]. 临床与病理杂志,2015,35(11):2013-2017.

[4]赵鹏,朱红灿,朱晓临,等. 帕金森病患者睡眠障碍的研究[J]. 临床神经病学杂志,2010,23(5):337-340.

[5]陈放,霍清萍. 帕金森病非运动症状的中西医治疗进展[J]. 中西医结

合心脑血管病杂志，2015，13(3)：328-332.

[6]刘疏影，陈彪. 帕金森病流行现状[J]. 中国现代神经疾病杂志，2016，16(2)：98-101.

[7]韩丽，霍青. 从肝脾肾论治帕金森病近况[J]. 湖南中医杂志，2016，32(2)：178-180.

[8]高媛，刘君. 从肝论治帕金森病[J]. 实用中医内科杂志，2015，29(3)：55-56.

[9]孙广仁. 中医基础理论[M]. 2版. 北京：中国中医药出版社，2007

[10]孟毅，曹建春. 从阳微阴盛论治帕金森病[J]. 中国当代医药，2009，16(19)：65.

治疗帕金森病便秘

一 临证经验

帕金森病是一种中老年人常见的中枢神经系统变性疾病,主要表现为肌强直、静止性震颤、运动迟缓及姿势步态异常等。随着研究的不断深入,目前认为帕金森病患者还同时存在多种非运动症状,包括便秘、抑郁、睡眠障碍、感觉异常、自主神经功能失调、认知障碍等。其中便秘是最常见且最痛苦的胃肠道表现。临床上治疗帕金森病时应加强对便秘的干预,以提高患者的生活质量。

(一) 传统中医认识

帕金森病基本病机为肝肾不足,以肝阴虚而动风、肾精不足而脑髓失养为发病机制;病性以阴精亏损为主;病位在脑,与肝肾密切相关。便秘病机较为复杂,帕金森病便秘以老年患者居多,病理性质为本虚标实,排便依赖于气的推动和津液的濡养功能。

(二) 赵杨教授对帕金森便秘诊治的继承、创新及应用

赵杨教授认为,帕金森便秘证属本虚标实,本为阴液亏虚,后期常表现出气血亏虚,因脏腑皆禀气于脾胃、久病失养,则脾气虚弱,运化失司。概括而言其病因病机本虚证主以肾阳虚、肝血虚、脾气虚为

主,后期兼肾阴虚、肝阴虚之症;标实证多以阳盛热结、肝郁气结为主。

1. 本虚——以肾虚为本,涉及肝、脾之脏

(1) 肾阳虚

《素问·至真要大论》云"大便难,其本在肾",肾开窍于前后二阴,大肠传导功能有赖于肾气的温煦和肾阴的滋润,故便秘的形成与肾密切相关,帕金森患者多为老年人居多,命门火衰、大肠寒凝、冷气横行、凝固胶结、停滞肠中,故而大便艰涩、小便清长、腹内冷痛、面色㿠白、四肢不温,舌淡苔白、脉沉迟。治疗上温阳散寒兼顾导滞,临症中多选用四逆汤加减,常选用附子、干姜、肉桂、益智仁、菟丝子、桑寄生等补肾之品。

(2) 肝血虚

帕金森病便秘多由阴血枯槁,肠道失润,以致水涸舟停,大便干结难下,呈栗子样;肝血不足,则面色萎黄,头晕目花,脘腹胀满。赵杨教授认为高年之人,下元虚惫,阴津枯涸;或久病热病,耗伤阴液,肠道失濡,腑气通降不利,即所谓"无水舟停",治以滋养阴血,增液润肠。临证选择四物汤加减,药物常选用当归、生地、白芍、川芎、火麻仁、桃仁、生首乌、肉苁蓉等。

(3) 脾肺气虚

脾肺气虚,大肠传导无力,糟粕滞于肠中而成便秘。赵杨教授在临床中多选用补中益气汤,此方具有补中益气、润肠通便之功效。临症中重用生白术 20～40 g,取白术丸之义,生白术既可健脾益气,又能调理中焦气机,促进胃肠蠕动,标本兼治。多选用炙黄芪、党参、陈皮、蜂蜜等,兼有肺系疾病患者,多用紫苑、白前、生脉散培补肺气。陈敏等人研究表明补中益气汤加味治疗帕金森病便秘,具有良好的远期临床疗效。

（4）肝肾阴虚

帕金森发病多与肝肾阴亏有关，高龄患者，肾精亏乏，肾无开阖之力，肝血亦为之不足，则润肠之力减弱；肝主疏泄，肾司二便，肝肾阴亏而致便秘，故治宜补益肝肾，滋阴增液，润肠通便。赵杨教授临证中常选用女贞子、杜仲、山药、枸杞子、仙灵脾、菟丝子、鳖甲、龟甲等。滋补肾精之品多味甘滋腻，有碍运化，因此，在补肾的同时给予健脾助运之品。临床常给予白术、砂仁、鸡内金等药物健脾醒胃，以运化输布滋补药物，使药物化为气血精微，直达脏腑，化精生髓，充实髓海。

2. 标实——以阳热、肝郁为主，涉及津液、气运之功

帕金森患者服用多巴胺制剂后亦容易出现便秘症状，此类患者多胃热过盛，津伤液耗，肠失濡润而致便秘；此外中晚期帕金森患者肝气郁结，气机不畅，或气郁化火，伤津耗液，肠腑失于通利而形成便秘。

（1）阳盛热结

患者素体阳盛，胃中积热，热从燥化，大肠传导失常。胃肠积热型患者大便干结且气虚鼓动无权，大肠传导无力，考虑素体阳盛，过服热药等，致积热于内，耗气伤津，故赵杨教授采用润肠泄热法，方选麻子仁汤加减，临证中多选用郁李仁、火麻仁、熟大黄、杏仁、枳实、瓜蒌等。临证中兼顾伴随症状选方，伴眩晕耳鸣，面赤烦躁，多以风阳偏胜，选用镇肝熄风、天麻钩藤饮为主；若痰热偏胜，多形体肥胖，胸闷脘痞，口苦口黏，宜清热化痰，黄连温胆汤加减，多选用豁痰化瘀药物，如：黄连、竹茹、枳实、半夏、白花蛇、蝉蜕、僵蚕、地龙、钩藤、陈皮、砂仁等。

（2）肝郁气结

临证中此类患者偏多，病程较长，女性多见，因情志抑郁，肝气郁结所致，治疗上多注重调畅气机，选用六磨汤加减，常选用药物：焦山栀、青皮、木香、槟榔、乌药、厚朴、枳壳等。同时兼顾伴随症状选方，肝郁脾虚者多情志抑郁、头晕目眩、失眠多梦，当疏肝理气、行气通

便，赵杨教授多选用如合欢花、玫瑰花、雪莲花、郁金、佛手、延胡索、橘核等；急躁易怒、口苦耳鸣、口臭尿赤者，多肝郁化火，大肠受炽，宜泻肝降火，清热通便，方选龙胆泻肝汤，临证中多选用龙胆、柴胡、黄芩、夏枯草、焦山栀、黄连、莲子等清热泻火。

赵杨教授诊治帕金森便秘，结合运用藏象理论将帕金森病和便秘的辨病辨证结论有机地联系起来，重在调整肝、脾、肾。脾胃者仓廪之官，脾以升水谷之清阳为能，胃以降饮食之糟粕为用，二者相辅相成。脾胃升降功能的协调依赖于肝气的条畅，肝之疏泄有度则脾气可升、胃气可降。肝阴、肝血不足、肝体失养，肝气不足，则生肝郁；肝气郁而不出，气机不畅则脾胃壅滞，肠腑不通而成便秘。

赵杨教授自拟温肾养肝方(肉苁蓉 15 g，乌药 15 g，益智仁 20 g，炒山药 20 g，制首乌 15 g，钩藤 20 g)加减治疗帕金森便秘，方中肉苁蓉为君药，其味甘咸性温，可补肾助阳、润肠通便。《神农本草经》言其"主五劳七伤，补中……养五脏，益精气，久服轻身。"乌药与益智仁均味辛性温，二者配伍，共为臣药。乌药通上走脾肺，顺气降逆，散寒止痛，向下达于肾与膀胱，以温下元，调下焦冷气；益智仁以辛温气香，既能温补肾阳，收敛固涩，缩小便，又能温胃逐寒，暖脾止泻，摄涎唾。乌药以行散为主，益智仁以温补收涩为要。两药伍用，一散一收，温下元、散寒邪、补脾肾、缩小便之力益彰。淮山药性平味甘，取其平补气血阴阳，同补脾肺肾脏，兼可固精止带之功。《神农本草经》言其"补中，益气力，长肌肉。"制首乌味苦甘涩，性微温，功于补益肝肾气血，《日华子本草》言其"壮筋骨，助阳气，补虚劳，助腰膝。"此二味药在方中共为佐药以助君臣之效。钩藤味甘性凉，入肝与心包二经，《本草纲目》："大人头旋目眩，平肝风，除心热……"是为方中使药，用以约制肝阳，以免它药温燥引动肝阳。

二 验案举隅

某患者,女,因"双下肢静止性震颤15年,加重伴乏力1个月"于2016年1月3日由门诊收住入院。

患者15年前无明显诱因下出现左下肢乏力,静止性震颤,曾建议服用"谷维素、美多巴"后患者症状未见明显改善,随后患者逐渐出现左上肢及右下肢震颤,在外院诊断为帕金森病,病程中患者间断服用药物(安坦、森福罗、珂丹、美多巴、息宁),病情控制欠佳,近1年来患者自行调整药物,服用美多巴(125 mg,q2h)、息宁(半片,q4h),1月前患者自觉双下肢乏力,双下肢静止性震颤较前加重,便秘,四日一解,夜寐欠安。入院时:患者四肢静止性震颤,双下肢较明显,伴有乏力不适,手足冰冷,双下肢可见凹陷性水肿,纳差,小便正常,大便秘结,夜寐欠安,舌质淡胖苔白滑、脉沉迟。查体:心肺:未见明显异常,专科查体:面具脸,四肢肌力正常,肌张力齿轮样增高,双上肢轮替试验较差,双下肢叩地试验较差,后拉试验(++)。患者入院诊断:中医诊断:颤病、肝肾亏虚。西医诊断:帕金森病,治疗上采取中西医结合,调整抗帕金森药,建议予安坦(1 mg,qd)、美多巴(125 mg,8:00~12:00~16:00~20:00)、息宁(1♯,bid)、森福罗(0.125 mg,tid)。中医辨证论治,用药:肉苁蓉20 g,乌药15 g,益智仁20 g,炒山药20 g,制首乌15 g,钩藤20 g,枸杞20 g,僵蚕10 g,炒白芍15 g。7剂,水煎服,每日1剂,早晚分服。

二诊:服上药7剂后双上肢静止性震颤、乏力情况较前减轻,夜寐情况改善,仍有大便秘结。予前方加白术30 g,桑寄生15 g,怀牛膝15 g,制首乌调整为20 g。7剂服法同前,患者便秘症状缓解。

三诊:患者便秘症状较前明显改善,仍有震颤,情绪激动及晚夜间较明显，将白芍加量至 20 g，加用酸枣仁 20 g，青皮 6 g。同时调整森福罗剂量（25 mg，tid）。后以此方加减服至患者出院，随诊至今，患者美多巴、息宁剂量未增加，双下肢静止性震颤、便秘症状明显好转。

按语 本证初诊以肾阳虚、肝血虚为主兼有肝风内动，故而以温肾阳、养肝血为主，重用肉苁蓉温壮肾阳、填精益血，乌药温肾行气，益智仁暖肾固精、温阳摄唾，淮山药益气养阴；二诊患者肝风内动较前改善，肾阳虚便秘为主，针对该病机特点，以温补肾阳、润肠通便为主，重用白术、制首乌。三诊患者以风证症状较明显、病程较长，患者肝郁气滞，故重用白芍养血柔肝，佐以青皮行气解郁，酸枣仁养心安神。

参考文献

[1]安红梅，胡兵，张学文.从肾阴虚入手证病结合治疗帕金森病思路探讨[J].中国中医急症，2004，13（12）：818－819.

[2]陈敏，王祎晟.补中益气汤加减治疗帕金森病患者便秘症状的临床观察[J].中西医结合心脑血管病杂志，2014，12（1）：59－60.

[3]白清林，封臻.滋补肝肾熄风定颤法对肝肾不足型帕金森病中医证候的影响[J].辽宁中医杂志，2010，37（5）：846－848.

[4]吕景山.施今墨对药[M].3版.北京：人民军医出版社，2005.

温肾养肝法治疗帕金森病夜尿增多症

一 临证经验

帕金森病属中医"颤证"范畴,其非运动症状包括胃肠道功能障碍、泌尿系统功能障碍、性功能障碍、自主神经功能障碍等,其中泌尿系统功能障碍发病率约 76.8%,以夜尿增多症最为常见。夜尿增多症是指 24 小时总尿量正常,夜间尿量>750 mL,或大于白天尿量(正常白天与夜间的尿量比值为 2∶1)且夜尿次数≥1 次。临床研究表明,帕金森病患者夜尿增多症发病率为 55%,随着年龄增加,其发病率逐渐升高,严重影响患者生活质量。

(一) 传统中医药对本病的认识

王肯堂《证治准绳·杂病》载:"颤振此病壮年鲜有,中年之后乃有之,老年尤多。"人至中年,"年四十而阴气自半",肾精不足,阳气渐衰,正如《素问·上古天真论》云:"五八,肾气衰,发堕齿槁。阳气衰竭于上,面焦,发鬓斑白。七八,肝气衰,筋不能动,天癸竭,精少,肾藏衰,形体皆极。"帕金森病患者老年久病,肾阳亏虚,不能制阴,则阴寒内盛,水不能得其化。帕金森病多发病于肝肾亏虚的中老年人,肾阳亏虚,膀胱气化失司,肝血不足,津液输布不利,夜尿增多。

（二）赵杨教授对帕金森病夜尿增多症的继承、创新及应用

1. 帕金森病夜尿增多症的标本病机

（1）肾阳虚是发病之本

肾为元阴元阳之所藏，乃先天之本，膀胱气化、下焦决渎、津液输布均有赖于肾阳的温煦和推动。肾与膀胱相表里，膀胱开阖有赖肾气支配，二者共同完成尿液的生成、贮存和排泄，肾气不摄则膀胱失约。《素问·生气通天论》有云"故阳气者，一日而主外。平旦人气生，日中而阳气隆，日西而阳气已虚，气门乃闭"，故夜间肾阳亏虚更甚，肾阳蒸腾气化失司，更易导致夜尿增多。

（2）肝血虚是发病之标

肝主藏血，能够储藏血液、调节血量，血液可化生为精。血为气之母，血足则气旺，血虚则气衰，肝血虚则精气亏，精气亏虚，固摄之力减弱。津液的生成、输布、流转离不开气的推动，精气亏虚则致推动无力，津液外泄，可致夜尿频多。帕金森病发病的重要因素是筋脉失养。肝在体合筋，《素问·阴阳应象大论》曰"肝生筋"，肝血充足，筋得其养，运动灵活而有力。从肝经的循行路线来看，尿液的生成与排泄与肝脏的调节密切相关，《灵枢·经脉》曰："足厥阴之脉……过阴器，抵小腹……，遗尿闭癃。"

（3）肾阳与肝血互根互用

肝藏血，肾藏精，肝血的化生有赖于肾精滋助，肾精的充盛有赖于肝血濡养。肝肾二脏互根互用，相互滋生。《素问·六节藏象论》云："肾者，主蛰，封藏之本，精之处也。"肝肾先天共同起源于生殖之精，肝肾后天共同受肾所藏之精充养，即所谓的肝肾同源。帕金森病发病与肾阳虚和肝血虚有关。《医宗必读》认为"相有二，乃肾与肝……然木即无虚，言补肝者，肝气不可犯，肝气自养，血不足者濡之，

水之属也,壮水之源,木赖以荣",肾阳温煦肝血,肝血温煦则疏泄有度,营血能调,津液运行有度。肝血亏虚,失于濡养,温煦气化无力,则肾缺少阳气推动而呈虚寒状态;肾阳虚衰,则肝血无以化阳,肝血不足,则肾阳亦无以生,故肾阳与肝血相互依存,相互为用。

2. 帕金森病夜尿增多症的治则治法

帕金森病夜尿增多症基本病机为肾阳虚,肝血不足,故拟温肾养肝法治疗。温肾阳以治本,养肝血以治标,温肾养肝以标本兼顾,辨证用药,以改善帕金森病患者夜尿增多症状,延缓病情进展,提高生活质量。

(1) 温肾阳以治本

帕金森病发病与阳气虚衰有关,尤其与肾阳虚关系密切。研究发现肾阳亏虚证在早期帕金森病发病中约占 50%。李文伟综合近年来有关学者对帕金森病的病因病机的研究成果,发现多数学者认为本病之病根为肾。肾阳虚衰,不能制阴,则阴寒内盛,出现夜尿频数等症状,当治以温补肾阳,"益火之源,以消阴翳"。王丹丹等认为肾阳亏虚可致夜间多尿、小便清长,治以滋养肾阳,可促进膀胱蒸腾气化之功,则小便开阖有度。"虚则遗溺,遗溺则补之"。肾阳得温,则蒸腾气化有度,膀胱开阖有节,夜尿增多得缓。孙春苗等总结其师王丹教授治疗夜尿增多的经验,主张治以温阳益气、补肾固涩,药用山茱萸、益智仁等;王丹丹等认为可选用巴戟天、肉苁蓉、杜仲等。肉苁蓉为补肾阳、益精血之良药,《神农本草经》言"主五劳七伤,补中,除茎中寒热痛,养五脏,强阴,益精气,多子,妇人,久服轻身";益智仁暖肾固摄、温脾摄唾,《本草经疏》言"以其敛摄,故治遗精虚漏,及小便余沥,此皆肾气不固之证也……敛摄脾肾之气,则逆气归元,涎秽下行"。佐以乌药温肾行气,正如《校注妇人大全良方》所言"本品辛散温通,入肾与膀胱而温肾散寒,缩尿止遗。常与益智仁、山药等同用,治肾阳不足、膀胱虚冷之小便频数、小儿遗尿，如缩泉丸"。诸药合用，共奏温补肾阳、散寒缩尿之效。

（2）养肝血以治标

帕金森病发病与肝血虚衰有关。肝主疏泄，具有促进血液与津液运行和输布作用。肝血不足，肝之筋脉失养，可出现手足震颤、屈伸不利等表现。肝疏泄功能失常可导致血液、津液代谢障碍，重浊者则通过膀胱开阖以尿液形式排出。肝失疏泄，肝气郁结，则筋脉挛急，膀胱开合不利，尿道开启失司，而致夜尿频多。闫川慧等认为以震颤为主要表现的帕金森病，病之根虽在肾，但病之标在肝，其发病与肝密切相关。蔡娟等认为肝血亏虚，肝失疏泄，则津液运行不畅、输布失调，可至水液停聚，尿液频多。高媛等认为从肝论治帕金森病可取得较好临床效果，肝血不足，肝阴亏虚是其主要发病机理之一。

肝血不足者，肝血足则全身气机疏通畅达，则肝木得养，是以疏泄功能发挥正常，则夜尿增多症能缓，治宜柔肝养血滋阴，药用天麻、钩藤、白芍、当归等。白芍归肝脾二经，有养血柔痉之功效，《滇南本草》言其"泻脾热，止腹疼，止水泻，收肝气逆疼，调养心肝脾经血，舒经降气，止肝气疼痛"。淮山药补肾固精，《日华子本草》谓"助五脏、活筋骨、长志安神、主治泄精健忘"。二药合用，加强养血柔肝、平补气血之效。

（3）温肾养肝以标本兼治

帕金森病主要病位在脑，与肝、肾有关。韩明向教授认为帕金森病基本病机为肝肾亏虚，以滋补肝肾为法，喜用地黄饮子临证加减。马云枝教授认为肝肾亏虚是帕金森病发病之本，故用滋水涵木法的理论指导，结合多年临证经验，治以补益肝肾、平肝潜阳、熄风定颤。霍青等认为改善帕金森病患者的临床非运动症状，可以滋补肝肾、调整阴阳为法，以求水木和润的功效。

帕金森病主要病位在脑,与肝、肾有关,故以上述理论为依据,结合临床实践,拟温肾养肝之法治疗帕金森病夜尿增多症,以温肾阳为主,养肝血为辅,标本兼治,顾五脏气血阴阳,阴中求阳,阳中求阴,主入肝肾二经,以达阴阳双补之效。常用药物有生地黄、怀山药、炒杜仲、枸杞子、山茱萸、桑寄生、怀牛膝、菟丝子、女贞子等,治以补益肝肾、养阴清热。肉苁蓉、益智仁、乌药、白芍、怀山药,配合钩藤平肝熄风止痉,《本草述》言其:"治中风瘫痪,口眼歪斜,及一切手足走注疼痛,肢节挛急。又治远年痛风瘫痪,筋脉拘急作痛不已者。"诸药合用,对帕金森病夜尿增多症辨证用药,治以温肾阳、养肝血、止震颤。临床实践中初步观察本法可改善帕金森病患者夜尿增多,延缓病情进展,提高生活质量。

二 验案举隅

某患者,男,73 岁,首诊:2014 年 9 月 10 日。

患者 2009 年渐起左上肢震颤,静止时明显,精神紧张时加重,行动迟缓,夜尿 4～5 次。头颅 MRI＋MRA 未见明显异常。口服美多芭 125 mg 治疗,症状改善,自行停药。其后患者逐渐出现病情加重,左下肢震颤,表情呆滞,翻身困难,腰膝酸软,行走无力,畏寒怕冷,爪甲色淡,大便难解,粪质稀软,寐差,夜尿频多,每晚 5～6 次,量约850 mL,舌质淡,苔薄白,脉弦。病机概要:肾阳虚、肝血虚;辨证治法:温肾养肝;处方:肉苁蓉 30 g、益智仁 30 g、乌药 20 g、炒白芍30 g、炒山药 20 g。钩藤后下 20 g,14 剂,浓煎为合剂,每日 3 次,每次 30 mL。口服抗帕金森药物:美多芭早 125 mg、中 250 mg、晚125 mg。

二诊:2014 年 9 月 25 日。患者左上肢震颤改善,夜尿次数较前减少，约 3～4 次/晚，量约 700 mL，仍腰膝酸软，畏寒怕冷，大便难解，翻身困难。原方有效，续方继服 30 剂。

三诊：2014 年 10 月 25 日。患者夜尿 2～3 次/晚，量约 300 mL，腰膝酸软，行走无力，畏寒怕冷均改善，大便难解，但粪质正常。未调整美多芭用量。

四诊：2015 年 1 月 10 日。患者病情平稳，夜尿每晚 0～1 次，量约 200 mL，诸症改善。予续服中药巩固疗效。抗帕金森药物改为 125 mg，早中晚各一次。

按语 《素问·阴阳应象大论》有云："人年四十而阳气自半也，起居衰矣。"本例患者年逾七十，阳气虚衰，阳衰不能化精生血，精气衰退，日久可见肝肾亏虚，阴寒内盛，则失于固摄，膀胱失约，导致夜尿频数、大便难解、粪质稀软等；肝血亏虚，筋脉失于濡养，内风扰动，可见震颤、爪甲色淡、翻身困难、行走无力；肾阳虚衰，失于温煦，故见腰膝酸软，畏寒怕冷；阴盛阳衰，阴阳失衡，阳不入阴、阴不纳阳，可见寐差，治宜温肾阳、养肝血、止震颤。温肾驱寒，寒去则膀胱之气复；养血柔肝，肝血足则肾中精气充沛，约束有权，则溺频遗尿自可痊愈。治疗上从肝肾入手，以温肾养肝之法，补肾精、荣肝血，以固肾缩尿，养血止遗，缓全身诸症。本患者服中药半年余，夜尿增多等症明显改善，现病情平稳，门诊随诊。

参考文献

[1] Hasegawa K. Does early detection of non-motor symptoms facilitate early treatment of Parkinson's disease？[J]. Brain and Nerve = ShinkeiKenkyu No Shinpo，2012，64(4)：453－461.

[2] 王海燕. 肾脏病学[M]. 3 版. 北京：人民卫生出版社，2008

[3]甘盼盼,全毅红. 中西医结合治疗老年性夜尿症的临床研究进展[J].
    湖北中医杂志,2016,38(10):79-82.

[4]张克江,王秀丽,冷大南. 从肝肾同源探讨中风病的病机[J]. 中医临床
    研究,2014,6(31):45-46.

[5]陈婉珉,郑春叶,连新福. 100例帕金森病患者中医证候要素及证型分
    布规律[J]. 中医杂志,2011,52(3):214-217.

[6]李文伟. 帕金森病中西医结合研究的现状及展望[J]. 上海中医药杂志,
    1998,32(6):45-47.

[7]王丹丹,董建萍,谈太鹏,等. 补肾缩泉汤合穴位贴敷治疗老年性夜尿
    症(肾阳虚衰型)的临床观察[J]. 黑龙江中医药,2016,45(6):56-57

[8]孙春苗,王丹. 王丹教授从五脏论治夜尿增多症经验总结[J]. 生物技
    术世界,2015,12(11):91.

[9]闫川慧,张俊龙,郭蕾,等. 帕金森病中医病机学说探讨[J]. 中国中医
    基础医学杂志,2011,17(9):940-941

[10]蔡娟,陈卫银,杨芳. 浅谈从肝论治帕金森病伴发抑郁障碍[J]. 四川
    中医,2012,30(12):26-28

[11]高媛,刘君. 从肝论治帕金森病[J]. 实用中医内科杂志,2015,29
    (3):55-56.

[12]许金波,韩辉,吕丹丽. 韩明向运用地黄饮子治疗帕金森病经验[J].
    广州中医药大学学报,2017,34(5):758-760.

[13]娄爱琴,沈晓明,马云枝. 马云枝分期治疗帕金森病经验[J]. 中医杂
    志,2018,59(7):558-560.

[14]霍青,柳琳,李强,等. 水木和宁方改善帕金森病患者生活质量的研究
    [J]. 环球中医药,2016,9(12):1553-1555.

[15]陆艳,李果烈. 李果烈调治肝肾阴阳论治帕金森病的经验[J]. 江苏中
    医药,2015,47(12):14-16.

[16]唐莉莉,赵杨,梁艳. 赵杨教授治疗帕金森便秘之经验[J]. 中医药导
    报,2017,23(7):103-104

帕金森病便秘的非单一辨病辨证

一 临证经验

便秘是帕金森病患者最常见的消化系统非运动症状,帕金森病伴发的便秘呈现出顽固性,反复性,波动性及难治性等特点。目前中西医学对于帕金森病便秘的认识均不足。西医学对帕金森病非运动症状的治疗,仍然没有统一的确有疗效的临床干预方案,主要以控制帕金森病运动障碍为主。对非运动症状的处理,或以调整治疗帕金森病药物,或以小剂量加用对症处理药物。西医学试图通过改善帕金森病本身的运动症状来缓解非运动症状的严重程度,但是收效甚微。因此,对于帕金森病严重度的便秘只能以药物对症治疗为主,治疗方法单一,甚至会给患者带来长期的毒副作用。虽然生物反馈技术及肉毒素局部注射疗法被证明对于改善帕金森病患者便秘症状有效,但是此项技术尚未成熟,加之帕金森病严重性便秘多为老年患者,很难配合及坚持治疗。

(一) 中医学对帕金森病便秘的认识

中医内科疾病大多是以症状命名的,因此,"颤证"和"便秘"分属中医学两个疾病。中医学对帕金森病的认识是以其运动障碍为主,属"颤证"范畴,辨病和辨证的主体是"颤证"。由帕金森病引起的便秘,虽然可以单独为病,但必须兼顾到帕金森病本身的影响因素。赵国华等认为,从中医内科学角度来看,帕金森病的某些非运动症状虽然可以单独为病,但前提是这些非运动症状必须伴见于帕金森病。与一般的功能性便秘不同,帕金森病便秘是由帕金森病造成的,病因是明确的。便秘是帕金森病最为常见的非运动症状之一。在中医诊断的过程中,问二便是问诊中的一项重要内容,并且作为辨证的重要依据之一。但是这种常规的辨病辨证方法,并不能使便秘在帕金森病辨证中的地位凸显,对帕金森病严重便秘患者来说,当排便障碍成为主诉时,这样的辨证治疗显然是不能满足患者需求的。因此,针对目前中医对帕金森病便秘的认识,不难发现,帕金森病便秘的证治规律研究只能附属于帕金森病的研究之中,不能独立地进行平行的研究。所以目前中医学对帕金森病便秘的研究甚为粗浅。在非运动症状日益受到关注的今天,这样的认识显然是不足的。

(二) 赵杨教授对帕金森病便秘诊治的继承、创新及应用

1. 帕金森病便秘非单一辨病辨证

取类比象法是中医学认识疾病的重要方法,也是藏象理论的思维基础。对于疾病而言,症状表现就是疾病本质的"象"。帕金森病的临床表现呈多样性、叠加性、可变性,直接反映了其"象"的多元性。提示对帕金森病内在病机的认识,应该更加丰富和有针对性。帕金森病虽然以运动障碍为主要临床表现,然而在帕金森病的病程发展中或运动症状得以控制以后,非运动症状对日常生活的影响就日益凸显。便秘就是这样的问题之一,因此,要提高对帕金森病便秘的认识,转变和加强便秘的治疗理念。

便秘是帕金森病并发的非运动症状,分别属于两个独立的疾病,病机病位有很大的不同。然而对同一个患者在两种疾病上予以认

识，这样的情况是否可能？我们的回答是肯定的。便秘成为影响帕金森病患者生活质量的主要因素时，我们有理由相信对便秘独立辨病辨证的必要性。中医学的辨证论治思想中有一个重要的原则，就是对复杂的症状类别，要分清主次，抓住矛盾的重点。帕金森病便秘虽然其根本在帕金森病，但是在疾病发展的不同时期，帕金森病所表现出的运动障碍及非运动症状的重点是不同的，对患者生活的影响也不是一成不变的。刘垣等通过对帕金森病中医证型分布规律的研究发现，帕金森病病程中不同阶段证候分布的变化体现了病理机制主要矛盾的转移、变化，因此，帕金森病病机不能一概而论，应分阶段研究。帕金森病的治疗原则亦应针对疾病严重程度不同而确立。赵国华根据帕金森病的病程特点和临床表现，分为早、中、晚三期，分别采取中医中药疗法、中西医结合疗法及多途径疗法治疗。因此，对帕金森病的分期治疗正是体现了这一基本精神。若是一味地强调帕金森病的辨病辨证，对于伴发的非运动症状仅仅以"添加治疗"的思路辨证用药，必然会鞭长莫及，不能从根本上解决帕金森病便秘的问题。帕金森病基本病机为肝肾不足，病位在脑；便秘与脾胃肺肾相关，病位在大肠；脏腑辨证是临床运用最多的辨病辨证方法，受中医学藏象理论的指导。藏象理论的内容是十分丰富的，帕金森病和便秘的独立辨病辨证结论是通过运用藏象理论糅合成独立的病因病机的，这是实现帕金森病便秘非单一辨病辨证的关键。同时也实现了对帕金森病病机的丰富化和准确性的目标。

2. 非单一辨病辨证的方法步骤

（1）症状分系统归于脏腑

便秘是帕金森病最为常见的消化系统非运动症状，国外报道其发病率可达 67%，严重影响了帕金森病患者的生活质量。帕金森病患者的便秘往往病程较长，程度较重，症状呈波动性进展。常常伴有腹胀、恶心、早饱、呃逆、吞咽困难、流涎等多种消化系症状。因此，首先将症状按照脏腑系统来划分，是非单一辨病的基础。"颤证"的病机以肝肾不足为主，伴有风、火、痰、瘀等病理因素，虚实夹杂，病位在脑；便秘多与脾胃肺肾脏腑相关，病位在大肠。另外，帕金森病其他非运动症状也可以同样的规律进行分系，如睡眠障碍与心肝相关，性行为异常与肝肾相关，认知/心境异常与心肾相关等。总之，全面把握帕金森病的临床表现，将症状按照脏腑统摄关系进行分系，并最终统归于某具体脏腑，这是进行非单一辨病的前提和基础。

（2）脏腑辨证以藏象维系

藏象理论是中医学的主要内容之一，运用藏象理论，将帕金森病和便秘的辨病辨证结论有机地联系起来，是实现帕金森病便秘非单一辨病的核心环节。帕金森病以震颤、肌肉强直、筋脉拘急为主要表现，与肝藏象关系密切。帕金森病便秘病机多为本虚标实，以脾虚为主，兼杂阴虚、阳虚、气滞、血瘀等，与脾胃藏象关系最为密切。中医学脾藏象理论认为，脾胃者，仓廪之官；脾以升水谷之清阳为能，胃以降饮食之糟粕为用，二者相辅相成。同时脾胃升降功能的协调，依赖于肝气的条畅。肝之疏泄有度，则脾气可升，胃气可降；肝属木，脾胃属土，木植土中，肝阴肝血需要脾胃后天的生化之源的充养，否则肝之阴血不足，则肝气亢害，内风由起，走窜四肢筋脉，则肢体震颤；反过来，肝阴肝血不足，肝体失养，肝气不足，则生肝郁；肝气郁而不出，气机不畅，则脾胃壅滞，肠腑不通而成便秘。这样通过肝脾及肝胃藏象的关系，就可以将帕金森病和便秘联系起来，将独立辨病辨证的结论联系起来了。中医学藏象理论的内容是十分丰富的，许多临床问题运用藏象理论都可以灵活地解决，而且能够发挥中医学的理论优势。

（3）糅合证素得出终病机

非单一辨病辨证的结论仍然是唯一的，因为对同一个患者的疾病而言,其本质是客观存在的、固定性的。因此,还需要将独立的非单一辨病的结论,运用中医学理论将其糅合起来,成为一个可以立足的基本病机,这样才达到了非单一辨病辨证的目的。证候要素是证候的最小分析单元,包括病性和病位两大基本要素。任一证候都是由若干证候要素和证候要素靶位组合而成,其中证候要素是对证候病因病机的表述。证候要素不仅分类简单,容易掌握,而且较少的证候要素可以提供疾病的大部分信息,因此,从证候要素入手进行中医辨证可以达到执简驭繁的功能,可以将非单一辨病辨证的结论,以证候要素的形式分散开来,然后以各自分解得到的证候要素为基本单位,运用中医学脏腑辨证、阴阳五行辨证的思路,重新糅合成为最终的病机结论。

帕金森病基本病机为肝肾不足,以肝阴虚而动风,肾精不足而脑髓失养为发病机制;病性总以阴精亏损为主;病位在脑,与肝肾密切相关。便秘病机较为复杂,然而帕金森病便秘以老年患者居多,病理性质为本虚标实,分析其排便的生理过程,排便之所需不外乎有气的推动和津液的濡养功能。帕金森病老年性便秘的病性是以气血阴阳亏虚为主,病位在大肠,与脾胃密切相关。因此,综合帕金森病和便秘的辨病辨证结论,可以得出诸如脾肾阳虚、气阴两虚之类的更切合患者疾病本质的证机。临床过程中,我们诊治帕金森病便秘患者,发现脾肾阳虚证和气阴两虚证是帕金森病便秘的两大主要证型。治疗上分别予以温肾健脾,润肠通便和益气养阴,增液行舟的治法,对帕金森病便秘有良好的临床疗效。这也间接证明了通过糅合证候要素得出的病机结论是正确的。

便秘是帕金森病最为常见的非运动症状之一,非运动症状随着帕金森病病情的进展而逐渐加重,严重影响了患者的生活质量。按照中医的常规辨病理论,便秘在帕金森病的辨病辨证过程中只是作为附属症状,辅助帕金森病主体的辨证,因此,并未引起对帕金森病便秘的足够重视。鉴于此,我们提出了帕金森病非运动症状的非单一辨病辨证方法,并以便秘为突破口展开更进一步的研究。以期提高帕金森病非运动症状的研究地位,引起人们的广泛关注。目前我们开展的帕金森病便秘方面的研究工作,也证实了这一想法。

二 验案举隅

患者张某某,男,70 岁,2010 年 10 月 13 日首诊。主诉:步态不稳 6 年,加重伴左上肢抖动 2 年,右上肢抖动 1 年,大便难解 8 年。

病人 6 年前无明显诱因下出现行走不稳,动作迟缓。外院诊断为帕金森病,并予多巴丝肼(美多芭)治疗,症状改善。2 年前开始出现左上肢抖动,静止时明显,1 年前开始出现右上肢抖动,半年前症状加重,已服用美多芭治疗 6 年。现美多芭维持时间较短,目前美多芭 125 mg,每 4 h 1 次。现为求中医药治疗前来就诊。症见:步态不稳,双上肢静止性震颤,左侧明显,左下肢静止性震颤不明显,翻身困难,睡眠中流涎,时感心慌,出汗增多,夜尿频,每晚 4~5 次,入睡困难,入睡后梦话多,纳食可,大便干燥难解,三日 1 次,有排便不尽感。查体:眼球活动正常,面具脸,四肢肌张力增高,下肢大于上肢,左侧大于右侧,对掌捏合扣地差,慌张步态,后拉试验阳性。舌质暗,苔少,脉弦细无力。诊断为颤证,证属肝肾亏虚,血虚风动,治宜温肾养肝,养血止颤。处方:肉苁蓉、白芍、山药、酸枣仁、钩藤(后下)、益智仁、火麻仁、牛膝等,14 剂,每日 1 剂,水煎服,分两次温服。口服抗帕金森药物:美多芭 125 mg,每天 4 次,卡左双多巴控释片(息宁)125 mg,每天 2 次。

二诊:口服中药 2 周后,自诉双上肢抖动稍有减少,步态不稳稍改善,入睡困难时间缩短,梦话减少,仍有双下肢乏力,翻身困难,夜尿多,大便偏干,解出困难较前有所缓解。舌淡苔薄,脉细滑,抗帕金森药物未调整,续原方服用。

三诊:病人服中药 6 个月,静止性震颤,步态不稳,入睡困难、梦多,翻身困难,大便干均有明显改善。舌淡苔薄,脉弦。查体:眼球活动正常,下颌及四肢静止性震颤基本消失,四肢肌张力稍高(L>R),对指捏合稍差,扣地左侧差,步态正常,摆臂存在,后拉试验可疑阳性。

参考文献

[1]Ternent CA,Bastawrous AL,Morin NA, et al. Practice parameters for the evaluation and management of constipation[J]. Diseases of the Colon & Rectum, 2007, 50(12): 2013 - 2022.

[2]Cadeddu F,Bentivoglio A R,Brandara, et al. Outlet type constipation in Parkinson's disease: Results of botulinum toxin treatment [J]. Alimentary Pharmacology and Therapeutics, 2005, 22(10): 997 - 1003.

[3]赵国华,徐春波,曾慧敏. 中医治疗帕金森病非运动症状的辨证思路[J]. 中医杂志, 2008, 49(8): 747 - 748.

[4]刘垣,陈彪. 帕金森病患者中医证候调查[J]. 中医杂志, 2009, 50(8): 728 - 729.

[5]赵国华. 再论帕金森病的分期治疗 3 法[J]. 中医杂志, 2005, 46(7): 541 - 543.

[6]Pfeiffer R F. Gastrointestinal dysfunction in parkinson's disease[J]. Current Treatment Options in Neurology, 2018, 20(12): 54.

[7]朱文锋. 创立以证素为核心的辨证新体系[J]. 湖南中医学院学报, 2004, 24(6): 38 - 39.

[8]张志斌,王永炎. 辨证方法新体系的建立[J]. 北京中医药大学学报, 2005, 28(1): 1 - 3.

[9]王天芳,吴秀艳,赵燕,等. 临床常见疾病中医证候要素分布特点的文献研究[J]. 中华中医药杂志, 2007, 22(9): 594 - 597.

平肝涤痰通络汤联合通脑活络
针刺法治疗急性脑梗死

一 临证经验

急性脑梗死(Acute Cerebral Infarct,ACI)是常见的脑血管急症,因发病率高、致残率高、死亡率高而严重危害人们的身心健康。近年来随着生活条件的提高和饮食结构的改变,ACI的发病率呈急速上升趋势,位居病死率第一位,且约四分之一存活患者呈现不同程度的劳动力丧失,故在ACI发作后,及时采取综合性、针对性的干预措施十分必要。除常规的西医对症治疗外,当前,中医药对ACI的干预越发显得重要。赵杨教授带领团队采用平肝涤痰通络汤、通脑活络针刺法等疗法,已在ACI治疗中得以应用,但目前尚未见二者联合应用对ACI的干预效果报道。美国国立卫生研究院卒中量表(NIHSS)评分、脑钠肽前体N-末端肽(NT-proBNP)、S-100、斑块面积和颈动脉内膜中层厚度(IMT)以及内皮功能等指标,均为判断ACI干预效果和预后的重要指标,当前多数有关ACI研究仅涉及部分上述指标。本研究综合上述各项评价指标,全面评价平肝涤痰通络汤和通脑活络针刺法的联合应用对ACI的治疗效果。

(一) 中医对本病的认识

ACI在中医中属于中风范畴,为脑络闭阻不通、清窍失灵,导致神无所附。脑为元神之府，且对缺血缺氧极为敏感。ACI发作后，脑部血管阻塞，导致大脑供血不足，出现梗死，继而引起炎性反应、神经功能缺损等症状。西医常规治疗ACI，以溶栓、抗血小板聚集、降压、降糖、降脂及营养神经为主，随着中医的发展，针灸、中药方剂等在ACI治疗中取得了较好的效果。

（二）平肝涤痰通络汤联合通脑活络针刺法治疗急性脑梗死

NIHSS量表是评价ACI患者神经功能的经典量表，亦是评价患者预后的主要指标之一。NT-proBNP为脑钠肽（BNP）的前体物质，由于BNP半衰期短，在血液中不稳定，故常以NT-proBNP作为BNP代替指标，多个研究已经表明，NT-proBNP在脑梗患者中表达升高，且与脑梗面积呈正比。S-100属于神经组织蛋白质，是脑神经元细胞因缺血缺氧坏死时释放出来的物质，可通过损伤的血脑屏障进入血液，被认为是中枢神经系统损伤相对特异和敏感的指标。

平肝涤痰通络汤中的石菖蒲具有开窍豁痰、理气活血功效，三七可止血散瘀、消肿定痛，当归、川芎能活血补血、祛瘀，桃仁可破血行瘀功，诸药合用，既能祛风通络，又能活血祛瘀，抑制炎性反应，保护神经元细胞。范崇桂等人均报道通脑活络针刺法治疗ACI，治疗后患者的NIHSS评分均显著低于常规观察组。本研究中，以人中、风池（双）、四神聪、百会等为主穴，通过针刺上述穴位，可解除患者脑部血管痉挛状态，达到改善脑血流动力学障碍之效。与此同时，多个穴位点的选择，可形成立体网络，进而影响循环系统，改善ACI初期的血流动力学及逆转ACI进程。此外，有报道显示，针刺相关穴位，可通过改变脑部神经元细胞线粒体膜通透性，抑制自由基的产生，亦可对神经元细胞产生保护作用。

通脑活络针刺法可多途径保护神经元细胞、减少其坏死,从而改善 NIHSS 评分、NT-proBNP 和 S-100 水平。故联合组的 NIHSS 评分、NT-proBNP 和 S-100 水平的改善优于汤剂组。

IMT 厚度关乎脑部血供,同型半胱氨酸、载脂蛋白 B/A1(ApoB/ApoA1)、血尿酸及超敏反应 C 蛋白等因素与 IMT 关系密切。研究表明,ACI 患者 IMT 值显著高于健康者。ACI 患者常常合并有高血压、糖尿病、高血脂等基础疾病,长期的高血糖、高血脂及各类炎性因子的刺激,造成颈总动脉血管内皮破损,形成斑块,引发血管管腔狭窄,最终影响脑部血供。本研究中,治疗 2 周和 4 周的斑块面积和 IMT 大小均低于治疗前,且联合组的斑块面积和 IMT 大小显著低于针刺组。

半夏、天麻常用于高血压病,能有效降低血肌酐、尿素氮等炎性反应因子。石菖蒲可醒神益智,是癫痫、少小热风痫等症的常用药。动物实验显示,酒蒸黄连-石菖蒲配伍,可显著改善糖尿病认知障碍大鼠的脂类代谢情况,即可降低总胆固醇醇、三酰甘油、低密度脂蛋白胆固醇、极低密度脂蛋白胆固醇及 ApoB 水平,升高高密度脂蛋白胆固醇及 ApoA1 水平。杜仲除了能利尿、消炎及降血压外,其相关活性成分还能通过抑制葡萄糖苷酶活性、调节激素水平和辅助神经调节等途径起到降糖降脂肪的作用。此外,常规西医及针刺疗法的应用,能更有效调节血脂、血糖水平及抑制炎性因子释放,故联合组斑块及 IMT 值降低较汤剂组显著。ET 是由内皮细胞产生的肽类物质,其与 ACI 脑梗死病变程度显著相关,并能加重血管收缩,导致细胞内钙离子增加而引起神经细胞毒性。CGRP 是拮抗 ET 作用的生物活性多肽,具有抑制脂质过氧化物形成、避免脑组织缺血/缺氧的作用,与 ACI 疾病严重程度呈负相关。有关研究认为 NO 参与了 ACI 的进展,其能通过建立侧支循环抑制血小板聚集,是机体的一种自我保护机制。现代药理学证实,赵杨教授经验方平肝涤痰通络汤中,桃仁具有抗凝、抗血栓等作用,川芎的活性成分川芎嗪可防止血小板聚集,具有降低血小板表面活性及血液黏度等功效。茯苓联合桂枝、桃仁等,用于治疗卵巢囊肿,可有效调节患者的血清 NO、TNF-α等因子水平。因此,平肝涤痰通络汤联合通脑活络针刺法,对血管内皮的保护力度更大。赵杨教授带领的临床团队观察发现,治疗后,联合组患者的总有效率为 94.83%,汤剂组患者的总有效率为81.03%,联合组患者的总有效率显著高于对照组,亦充分肯定了平肝涤痰通络汤与通脑活络针刺法的联合使用,对 ACI 患者的神经功能缺损、血管内皮等改善作用。

综上所述,在常规西医治疗的基础上,平肝涤痰通络汤联合通脑活络针刺法治疗 ACI,调节血脂血糖血压等效果显著,能有效改善患者神经功能缺损,更好地抑制动脉斑块形成、降低 IMT 厚度和保护血管内皮功能。

二　验案举隅

某患者,女,72 岁。患者 2017 年 5 月 17 日,晚餐后出现左侧肢体麻木乏力,在家未予重视,休息后无好转,次日至我院门诊,考虑脑梗死急性期收入院。

患者入院时神清,精神可,头晕时作,右侧肢体麻木、活动不利,言语欠流利,右侧口角下垂,无头痛,无肢体抽搐,饮食可,二便调。舌红,苔薄黄,脉弦滑。查体:伸舌左偏,左上肢肌力 4 级,右下肢肌力 3 级,左侧共济失调,左侧偏身感觉障碍,左侧病理征阳性,NIHSS 评分 6 分。入院时予以抗血小板聚集、调脂稳定斑块,活血化瘀治疗。根据患者中医症状分析考虑为肝风内动、痰浊上扰,予以中药平肝涤痰通络,处方:天麻、半夏、竹茹、当归、赤芍及川芎各10 g,钩藤 20 g,石决明、川牛膝、杜仲、桑寄生、茯苓、胆南星及石菖蒲各 15 g,陈皮、桃仁、红花各 6 g,生甘草 3 g。水煎服,取汁 200 mL,早晚服用,100 mL /次,连续服用 14 天。

加用通脑活络针刺法:选择头部运动区人中、风池(双)、百会、太阳(双)、颞三针等为主穴位,肩髃、曲池、手三里、通里、合谷、环跳、阳陵泉、三阴交、解溪及昆仑为辅穴(患侧)。采用华佗牌无菌针灸进行针刺:人中、四神聪穴位采用 0.5 寸毫针,进针深度 0.3~0.4 寸,以小幅度高频进行提插捻转,留针 20 min;风池(双)穴选用 2.5 寸毫针,进针深度 2.0 寸,同样以小幅度高频进行提插捻转并留针 20 分钟;其他穴位选用 2.0 寸毫针,以合适角度刺入,进针深度为 1.0 ~ 1.5 寸,均留针 20 分钟。每天 1 次,连续施针 14 天。

经治疗患者症状改善,头晕改善,能够独立行走,生活尚能自理。

参考文献

[1]Yan Z, Fu B S, He D, et al. The relationship between oxidized low - density lipoprotein and related ratio and acute cerebral infarction[J]. Medicine, 2018, 97(39):e12642.

[2]Ye H, Wang L, Yang X K, et al. Serum S100B levels may be associated with cerebral infarction:A meta - analysis [J]. Journal of the Neurological Sciences, 2015, 348(1/2):81 - 88.

[3]康盛华,倪敬年,吴冬月,等. 星蒌承气汤治疗急性脑梗病痰热腑实证的临床效果[J]. 世界中医药, 2018, 13(7):1649 - 1652.

[4]高鹏举,李强. 血浆 B 型脑钠肽前体和 D-二聚体水平对急性脑梗塞预后的影响[J]. 湖南师范大学学报(医学版), 2016, 13(4):118 - 120.

[5]徐文莉,钱川,陈占军. 血府逐瘀汤对急性脑梗死病人 CGRP, ET - 1,S100 - β 和 GFAP 的影响[J]. 中西医结合心脑血管病杂志, 2016, 14

（23）：2737-2741.

[6]范崇桂，付国惠，闪海霞. 通脑活络针刺法治疗急性脑梗死 60 例[J].
南京中医药大学学报，2014，30(4)：379-382

[7]张淑江，李作孝. 针灸治疗急性脑梗死临床疗效的 Meta 分析[J]. 中华
物理医学与康复杂志，2018，40(3)：217-222.

[8]李志国，周霞，文贵斌. 急性脑梗死患者血清同型半胱氨酸水平与炎性
因子、神经因子及 NO 代谢的相关性[J]. 海南医学院学报，2017，23
(10)：1431-1433.

[9]陈海恋，何超明，庞明武，等. 高龄急性脑梗死患者血清同型半胱氨酸
和载脂蛋白 B/A1 与颈动脉内膜中层厚度的相关性研究[J]. 国际神经
病学神经外科杂志，2017，44(3)：270-274.

[10]沈秋生，金月华. 半夏白术天麻汤联合西药治疗高血压患者疗效观察
及对肾功能和炎症因子水平的影响[J]. 湖北中医药大学学报，2015，
17(6)：28-30.

[11]严平，李佳川，邵君傲，等. "酒蒸黄连-石菖蒲"组分配伍对实验性糖
尿病认知障碍大鼠脂质代谢的影响[J]. 西南民族大学学报（自然科学
版），2015，41(5)：561-565.

[12]曾桥，韦承伯. 杜仲叶药理作用及临床应用研究进展[J]. 药学研究，
2018，37(8)：482-486

[13]张立，黄旌，李蒙. 急性脑梗死患者康复期应用普罗布考联合阿托伐
他汀辅助治疗对血清学指标的影响[J]. 海南医学院学报，2016，22
(11)：1160-1163.

[14]董国玲，董天勇，张文静，等. 通窍化栓汤治疗急性脑梗死（风痰瘀阻
型）的临床疗效及对血清 ET 及 NO 水平的影响[J]. 中西医结合心脑
血管病杂志，2017，15(8)：988-991.

[15]熊德玲，刘常燕，李莹，等. 妇科千金胶囊联合桂枝茯苓丸对老年卵巢
囊肿患者血清 NO、TNF-α 及性激素水平的影响[J]. 现代生物医学进
展，2017，17(30)：5925-5928.

中药联合针灸治疗周围性面神经麻痹急性期

一 临证经验

周围性面神经麻痹最常见为面神经炎（又称 bell 麻痹），主要是面神经进入面神经管出乳突孔一段发生的非特异性炎症，引起面神经功能缺失，常由于病毒感染引起。本病通常急性起病，数小时或 3 天内达到高峰期，临床根据病情分为急性期（发病 7 天内）、恢复期（发病 8～29 天）、恢复后期（29 天后）。周围性面神经麻痹的病因主要是由于潜伏在体内的疱疹病毒（单纯疱疹Ⅰ型病毒和带状疱疹病毒）被激活，导致茎乳孔内急性非特异性炎症，多在机体免疫力低下的基础上，面部受风或着凉，引起面部神经管变态反应，从而引起面神经病变或循环障碍而发病。国内外文献研究均已证实病毒感染是引起周围性面神经麻痹主要原因。该病年发病率约为（20～42.5）/10 万，患病率约为 0.26%。面神经麻痹治疗需要采取分期诊治，疾病的早期面神经病理改变为炎性水肿和脱髓鞘，西医针对本病治疗主要以减轻面神经水肿、炎症，改善血液循环，修复神经为主。药物主要以糖皮质激素、抗病毒药物、营养神经药物等为主。

（一）中医对本病的认识

面神经麻痹中医古籍称为"口僻""口㖞"，现又称"面瘫"。古人认为本病多为本虚标实，多为机体正气不足，卫外失固，风邪乘机侵袭阳明、少阳经络，致使筋脉失荣，出现口眼歪斜。脉络空虚、外邪乘虚而入，侵袭面部阳明和少阳经脉，致使经脉不通、筋肌舒弛不利，发为本病。如果治疗不当，可留有表情肌瘫痪后遗症。近年来，赵杨教授在临床诊治中发现面瘫患者以青壮年居多，四季皆有发病，追问病史多为受风所致，夏季以空调风寒之邪入侵，冬春以自然风邪侵袭为主，职业人群各异。故赵教授认为在本病治疗早期需疏风通络，中医采用针灸、中药、理疗等方法，临床效果良好。中医针对本病治疗以中药及针灸为主。针灸可以刺激头面部经络，使气血顺畅，阴阳协调，疏风通路，减轻水肿，有助疾病修复，临床效果确切。

（二）赵杨教授对周围性面神经麻痹诊治的继承、创新及应用

赵杨教授针对本病针灸选穴常以阳明经和少阳经腧穴为主，辅以远端腧穴，使经气疏通，邪气祛出。病变早期针灸更有助于患者面肌功能的恢复。面神经麻痹急性期中药治疗以疏风清热、通络解痉、调和气血为主，结合临床经验自拟疏风牵正汤，方中荆芥、防风、白芷疏风散寒；银花、连翘清热解毒；蜂房祛风解毒；白附子可祛风化痰；全蝎、僵蚕疏通脉络；皂荚祛邪利窍；羌活、川芎携药助上，祛风解痉通络。全方共奏疏风通络、调和气血之功，对面瘫急性期患者局部血流的瘀滞起到一定的调和作用。

赵杨教授认为，针刺配合中药可以提高疗效，减轻后遗症。同时，在本病治疗中发现本病预后与患者机体体质强弱密切相关。除了药物针灸治疗之外，尤其需要注意休息，避免再次受风，保证充足

睡眠,饮食减少辛辣刺激,同时加强面部肌肉锻炼,更好地促进面神经恢复。

周围性面神经麻痹为临床常见疾病,急性期治疗在西药应用基础上,配合中医针灸和口服中药,可以及早改善面瘫恢复,减少后遗症,提高治愈率,值得推广。

二 验案举隅

某患者,男,32岁 2017年4月7日初诊。主诉:口角向右歪斜、左眼闭合不全2天。

现病史:患者因工作劳累,连续加班2天,次日晨起时发现口角右歪,左眼闭合不全,鼓气时左侧漏气,进食流质或饮水无漏出,自觉无明显好转。刻下:患者神志清,精神可,口角右歪,鼓起漏气,左眼闭合不全,左侧额纹消失,左鼻唇沟变浅,左侧耳垂前后无压痛。舌淡暗,苔薄白,脉细。诊断为面瘫,证属风寒外侵,脉络阻滞。赵杨教授治以疏风散寒,祛邪通络。在针灸基础上加用自拟疏风散邪方剂疏风牵正汤(荆芥15 g,防风15 g,僵蚕15 g,全蝎6 g,禹白附15 g,炒蜂房10 g,白芷10 g,羌活10 g,川芎10 g,银花10 g,连翘10 g,皂荚3 g,炙甘草4 g)。中药由医院煎药室煎煮,100 mL/袋,每日2次,每日1剂,口服1周。选穴根据我科刘孔江主任经验选取主穴:风池、牵正、地仓、迎香、阳白、瞳子、承浆、合谷、翳风。若眼睑闭合不全可加攒竹、四白;上眼睑抬举受限加鱼腰透阳白;上口唇歪加禾髎透迎香;下口唇偏者加承浆透地仓;留针30~50分钟,每日一次。

连续治疗2周后,患者额纹显现,双侧面部肌肉基本对称,鼓气稍有漏风,左侧面部肌肉力量稍差。随访1年,未见复发。

参考文献

[1]杨万章.周围性面神经麻痹诊断、评价与分期分级治疗[J].中西医结合心脑血管病杂志,2017,15(3):257-263.

[2]刘稳,高志强,神平,等.单纯疱疹病毒性面神经炎的动物模型[J].中华耳鼻咽喉头颈外科杂志,2006,41(1):17-21.

[3]陈伟良,杨朝晖,黄志权.阿昔洛韦联合泼尼松治疗46例贝尔面瘫的疗效评价[J].上海口腔医学,2005,14(6):590-592.

[4]杨万章.周围性面神经麻痹诊断与治疗专家共识(2015)[C]//第十一次中国中西医结合神经科学术会议论文汇编.承德,2015:326-332.

[5]李智.针灸治疗周围性面神经麻痹概况[J].针灸临床杂志,2003,19(1):47-48.

[6]刘和满,马文,沈卫东.(镵针)疗法治周围性面神经麻痹30例临床观察[J].江苏中医药,2012,44(3):57-58.

[7]祁荣叶,张润嘎,高爱华,等.针药联合治疗周围性面神经麻痹125例疗效观察[J].河北中医,2012,34(11):1638-1644.

中医舌诊在脑卒中患者中的临床应用

一 临证经验

中医诊病有望、闻、问、切四种方法,简称为"四诊"。《难经》记载"望而知之谓之神,闻而知之谓之圣,问而知之谓之工,切而知之谓之巧",四诊中舌诊是中医望诊中特色之一。在中医临床诊治疾病中常结合辨舌来辨证论治,遣方用药。脑卒中是危害人类健康的重大疾病之一,具有高发病率、高致残率特点,位居影响伤残寿命的第三位。赵杨教授认为,如能多角度探讨脑卒中的病因病机、治疗方法,对于患者的预后有重要指导意义。

(一) 中医对脑卒中的认识

中医对脑卒中的认识历史悠久,《黄帝内经》认为中风发病涉及五脏、六腑及经络血脉,与风、火、痰、虚、瘀密切相关。在临床诊治中风过程中,中医的望诊中舌诊为首诊医师必不可少的客观诊断手段,《临证验舌法》记载:"据舌以分虚实,而虚实不爽;据舌以分阴阳,而阴阳不谬",强调了舌诊的重要性。舌诊不但能判断正气的盛衰、病邪的深浅、邪气的性质以及病情的进退,还能判断疾病的转归和预后。

（二）赵杨教授谈中医舌诊在脑卒中患者中的临床应用

中医舌诊在中医望诊中尤为重要，是中医诊断疾病的独特诊法，临床研究发现，舌象变化与疾病密切相关。舌体表面黏膜薄而丰富，有充分的血管神经供养，其舌苔舌质变化与机体的各种非正常表现相关联，故此舌诊是窥探五脏六腑的"眼睛"，是疾病表现于外的"镜子"。《辨舌指南》记载："欲知其变，先察其常。如平人无病常苔，宜舌地淡红……乃火藏金内之象也"。中医理论认为，手少阴心经之别系舌本；足太阴脾经连舌本，散舌下；足少阴肾经挟舌本；足厥阴肝经络舌本。正常人气血调畅充足，心主血脉，其经脉通于舌，胃内甘淡之津气，上荣于舌，故见舌有神有胃气之象。脏腑气血失荣所致疾病必然通过心而反映于舌，故在临床中，赵杨教授带领团队通过舌诊即可了解脏腑正邪交争状态，病邪处于脏腑哪些部位，这对于判断疾病的转归和预后具有一定意义。舌象能反映人体内部疾病气的盛衰、病位深浅、病邪性质，进一步反映治疗后病情进展及预后等。中风病患者多伴有言语功能障碍或意识障碍，配合能力差，不能详细叙述自己的病史，因此对中风病患者舌象的诊视在临床辨证治疗中尤为重要。焦承玖对脑卒中的患者观察认为，舌象对于中风病患者的预后判断具有一定的价值。脑中风发生，主要责之于脏腑功能失调，气、血、痰、风、火、虚等六端，此六端多相互作用，相互影响而发病，对于望诊尤为重要。作为临床医生应熟练掌握该项技能，防微杜渐，防病于未然，此尤为重要。

赵杨教授认为脑卒中急性期患者多以痰、热、瘀为主，平素嗜食肥甘厚味之品，脾胃健运失常，痰浊易生，为实证，多表现舌苔淡黄或黄腻；素体阴阳调和失常，肝肾不和，易损易亏，虚火灼生为虚症，多为内因。临床观察中急性中风亦以痰瘀交阻证候为多见，恢复期舌多淡红,薄苔,同时伴有舌下络脉曲张。老年患者,机体气阴不足,急性期多为活血化瘀、攻伐之品,伤及气血,耗伤正气,故而气阴不足为甚,表现舌面多为淡红舌;气血不足,不荣则痛,瘀阻脉络,肢体乏力,舌下静脉多见迂曲扩张。

舌下络脉是中医诊断学舌诊中的主要内容,舌下络脉最早记载于《素问·刺疟》篇曰:"舌下两脉者,廉泉也"。《中医诊断学》描述舌下络脉:将舌尖翘起,舌底脉络隐约可见,当舌系带两侧,金津玉液穴处,隐隐可见两条青紫脉络。舌下络脉曲张多见于气滞血瘀。近年来中医临床对于舌下络脉的研究日益重视,发展迅速,可作为瘀血证的预警指标。中医认为,机体脏腑疾患信息可以规律的反映于相关肌表部位,同时映射于不同区域,如面色、舌体、舌下络脉、脉象。赵杨教授认为中风患者发病与各脏器均有关联。人体虚实盛衰,气血津液的调和,疾病的转归预后等信息均可通过舌诊得到,当人体在出现中风症状之前,部分患者体内已存在气虚血瘀之象,如何防患于未然,舌下络脉的变化多为最佳的"预警"。舌下络脉可以反映机体的正气虚实变化,气血的通荣瘀血状态。

中风急性期及恢复期病人,发病过程中由于机体内环境不同,五脏六腑功能失调,出现急性期痰热证,多表现为薄黄苔、黄腻苔,与王永炎院士认为中风病急性期对以痰热腑实证为主要证候的思想吻合。恢复期血脉不通,瘀阻脉络出现舌有瘀斑,舌下络脉迂曲多见。

中风病为我国常见的引起偏瘫、言语障碍的病种之一。赵杨教授认为舌诊是我国传统医学的经典诊断方法,舌象客观直接,可在疾病早期较好地评判、审视观察脑卒中患者舌象变化规律,对于探究疾病的病因病机,判断病情的严重程度,指导治疗和预后有重要意义。目前已有研究应用自动提取彩色舌图像评价舌体结果评估,但是如何更好地开发利用,辅助临床医师判断疾病的预后,需要我们进一步努力。希望在未来能通过外在表现——舌脉证,间接客观地反映中风前兆、中风发病后不同阶段的异常表现,同时可以预测疾病的发展阶段。

二 验案举隅

某患者,男,65岁,因"左侧肢体活动不利、言语蹇涩3天"。2016年3月入院。

患者入院时口眼歪斜,口角流涎,伴神疲乏力,行走不稳,饮食乏味,大便干结,舌淡红,舌苔黄腻,边有齿印,舌下静脉曲张,脉弦有力。查体:伸舌左偏,左上肢肌力3级,左下肢肌力3级,左侧病理征阳性。血压160/90 mmHg,CT示:多发性脑梗死。头颅MRI:右侧基底节区脑梗死。证属风痰阻络,痰热腑实,治宜化痰通腑泄浊,给予枳实大黄汤加减配合西药治疗。

服中药14剂,症状好转,大便通,舌苔由黄腻转为淡黄,饮食有改善,左上肢肌力恢复至4级,下肢肌力5级,生活尚能自理,住院14天好转出院。后期长期随访,规范脑卒中二级预防,至今病情稳定。

-------------------- 参考文献 --------------------

[1]Murray C J L, Lopez A D. Measuring the global burden of disease[J].
  New England Journal of Medicine, 2013, 369(5): 448 - 457.

[2]王忆勤. 中医诊法学[M]. 北京: 中国协和医科大学出版社, 2004.

[3]金圆婷, 何建成. 中医舌诊在临床疾病诊治中的意义与应用[J]. 光明

中医，2013，28(10)：2218-2220.

[4]朱镇华，黄碧群，陈新宇，等. 常见舌象对证素辨别的贡献度[J]. 湖南中医药大学学报，2009，29(1)：9-10.

[5]曹炳章原著. 张成博等点校. 辨舌指南[M]. 天津：天津科学技术出版社，2003.

[6]印会河. 中医基础理论[M]. 上海：上海科学技术出版社，1984.

[7]方晨晔，唐志鹏. 现代化舌诊在临床研究中的应用[J]. 中国中医药信息杂志，2016，23(6)：119-122.

[8]焦承玖. 急性脑血管患者30例的舌象观察及预后判断[J]. 中国社区医师(医学专业)，2013，15(8)：207.

[9]刘耀东，孙丽萍. 望诊在中风病临证中的运用体会[J]. 医学信息，2010，23(4)：986-987.

[10]邓铁涛. 中医诊断学[M]. 2版. 北京：人民卫生出版社，2008.

[11]王永炎，谢颖桢. 化痰通腑法治疗中风病痰热腑实证的源流及发展(一)：历史源流、证候病机及临床应用[J]. 北京中医药大学学报(中医临床版)，2013，20(1)：1-6.

[12]刘媛，赵鹏程，李甜，等. 一种自动提取彩色舌图像的算法[J]. 长春中医药大学学报，2017，33(5)：749-752.

丁苯酞氯化钠联合通脑活络针刺法治疗缺血性脑卒中急性期

一 临证经验

脑血管病是 21 世纪的疾病杀手，其发病率和病死率逐年上升，成为让世人致残、影响生活质量的主要病种之一。2010 年全球疾病负担评估显示，脑卒中作为影响全球健康的病种之一，是导致患者伤残及缩短寿命的第三位病因。同时脑卒中是造成 60 岁以上人群死亡的第二大原因，15～59 岁人群死亡的第五位原因。近年来，我国经济发展速度迅猛，人们的生活方式改变较大，脑中风的发病率不断升高，在我国每年新发生脑卒中人数有 150 万～200 万左右，其中缺血性脑卒中大约占 70%，而且缺血性脑卒中的发病年龄趋于年轻化，严重影响了人类生存质量，加重了社会家庭负担。丁苯酞氯化钠是我国自主研发的治疗缺血性脑卒中的一类创新药物，在临床中得到了广泛应用，该药具有改善颅内微循环、保护线粒体、改善临床神经功能的效果。脑卒中后针灸治疗效果已得到临床认可，通脑活络针刺法作为赵杨教授所在的南京市中医院脑病科室创立的临床针灸方法，在临床及实验基础方面都有确切的疗效。

对于缺血性脑卒中急性期，超早期溶栓治疗是最有效的治疗方法，但是，该方法有"时间窗"的限制，致使大多数患者错过最佳溶栓治疗时机。对于超过时间窗的患者,选择及时有效的药物或其他治疗手段尤为重要。丁苯酞是一种新型的改善脑部缺血的药物,其主要有效成分为 dl-3-n-正丁基苯酞,其左旋体存在于我们的日常蔬菜芹菜当中,对脑功能障碍具有独特的治疗作用。丁苯酞氯化钠注射液于 2010 年获得新药证书和生产批文。多项药效学试验表明静脉注射丁苯酞氯化钠可以有效改善线粒体功能,提高抗氧化酶活性,及早地再生缺血区毛细血管的数量,促进侧支循环的开通,增加脑血流量,辅助缩小脑梗死的面积和改善神经功能缺损。临床研究亦证实,丁苯酞注射液能改善急性脑卒中患者的神经功能缺损症状。

(一)通脑活络针刺法治疗缺血性脑卒中急性期

通脑活络针刺法为赵杨教授带领科室成员根据前人基础创立的针刺方法,其基本原则是以头针为重点,以体针为辅助,头针与体针结合,从而形成立体网络。针刺手法做到量化,并且配有专门的针灸医生,做到临床针刺部位及手法的一致性。通脑活络针刺法重用头针。取脑梗死病灶侧中央前回皮质运动区:百会~太阳,分 3 段,取 4 穴;双侧风池穴,针刺手法为针尖方向朝对侧眼球下眶;四神冲穴。据病情加穴:对于影像学提示大脑中动脉闭塞或者临床偏瘫呈进行性加重者加颞三针(率谷及左右旁开各 1 寸);严重言语障碍者加咽三针(廉泉,加左右旁开各 1 寸)。针刺手法根据专科针灸医生经验制定,针刺方案如下:双侧风池穴针尖指向对侧眼下眶,深入 2.0~2.5 寸,留针 30 min,四神冲透百会:选用 1 寸小针斜 15°角从四神聪穴透刺到百会穴,留针 30 min;太阳穴:选用 1.5 寸针直刺,留针 20 min。廉泉穴:针刺向舌后根方向,深度 2.0~2.5 寸,留针 30 min 拔出。

通脑活络针刺法是根据中风患者脑梗死特征结合中医针灸特色疗效，进行临床及动物试验，汇总分析，总结的一套简便可行、易于操作的针刺方法。该套针刺方法重用脑梗死病灶侧相应区域的经络和穴位，首选高位百会、四神聪，循经选取其他经脉穴位，上下贯通，统领全身脉络，形成通脑活络针刺法的立体网络。赵杨教授团队通过刺激这个立体网络，使其具祛风化痰、平冲降逆效果，彰显中医阴阳调和，五行相生相乘的特点，从而达到改善临床症状，提高生活质量的疗效。通脑活络针刺法经过多年的临床应用以及多家单位联合运用，结果已证实在超早期（≤6 小时），该针刺法具有降低神经功能缺损程度及提高患者的独立生活能力；对于急性期（6～48 小时）和亚急性期（48 小时至 2 周）人群，该套针刺法能够缓解患者的肌张力程度，增加身体运动的协调性，提高患者的生活能力和生存质量。

（二）赵杨教授以丁苯酞氯化钠联合通脑活络针刺法治疗缺血性脑卒中急性期

赵杨教授应用丁苯酞氯化钠联合通脑活络针刺法治疗缺血性中风急性期，临床疗效明显，该治疗方案对患者的神经功能缺损评分和日常生活能力评分均有显著的改善。赵杨教授认为中西医结合治疗能够较好改善患者的神经功能缺损，促进肢体偏瘫的恢复，对提高患者生活质量、减轻家庭社会负担、产生良好的社会效益具有一定的优势，值得在临床进一步推广应用。

二 验案举隅

某患者，中年男性，2018 年 6 月散步时出现右侧肢体麻木伴活动不利,当时就诊于我院门诊。

头颅 CT 检查显示:多发腔梗。头颅 MRI 检查显示:左侧基底节区急性脑梗塞,为求进一步系统治疗收住入院。入院时:患者神清,精神不振,右侧肢体麻木、活动不利,言语欠利,无头痛,无口眼歪斜,无肢体抽搐,饮食可,二便调。舌红,苔黄腻,脉弦滑。查体:伸舌右偏,右上肢肌力 3 级,右下肢肌力 3-级,右侧共济失调,右侧偏身感觉障碍,右侧病理征阳性,NIHSS 评分 8 分,血压 160/90 mmHg。

入院时患者溶栓及动脉取栓时间窗已过,赵杨教授团队采取保守治疗,予以脑血管病急性期基础治疗,辅以抗血小板聚集药物,进行血压、血脂、血糖的调控。入院即予以科室特色疗法通脑活络针刺法,该方法穴位选择:病灶侧百会-太阳平分三段,取双侧风池、四神冲;辅穴主要有:肩禺、曲池、手三里、外关、通里、合谷、环跳、阳陵泉、足三里、三阴交、解溪、昆仑。针刺中根据病情随证加减:肢体偏瘫逐渐加重,肌力 0 级,考虑大脑中动脉梗死者可以加颞三针(率谷及左右旁开各一寸),严重失语者加咽三针(廉泉及左右旁开各一寸)。后循环梗塞者,加枕部后顶穴(后囟门闭合处)。静脉输注丁苯酞氯化钠,100 mL /次,每日 2 次,掌控滴注时间不低于 60 min,两次间隔时间不少于 6h。

治疗 14 天,症状明显好转,右侧肢体肌力下肢 4+,上肢 4 级,肌张力正常,尚能行走,NIHSS 评分 3 分。

-------------- **参考文献** --------------

[1]Murray C J L, Lopez A D. Measuring the global burden of disease[J].
   New England Journal of Medicine, 2013, 369(5): 448-457.

[2]Johnston S C, Mendis S, Mathers C D. Global variation in stroke burden

and mortality：Estimates from monitoring，surveillance，and modelling [J]. The Lancet Neurology，2009，8(4)：345－354.

[3]齐新荣，苏红，冯小宁，等. 丁苯酞氯化钠注射液治疗急性缺血性脑卒中的观察与护理[J]. 中外健康文摘，2012，9(8)：286－287.

[4]张臻年，李继英，赵杨，等. 通脑活络针刺法对大鼠急性脑梗死细胞凋亡及梗死容积的影响[J]. 中风与神经疾病杂志，2012，29(10)：895－899.

[5]李继英，赵杨，张臻年，等. 通脑活络针刺法与常规疗法治疗急性脑梗死的疗效比较[J]. 临床神经病学杂志，2010，23(6)：469－471.

[6]王东，张咏，潘金保，等. 丁苯酞氯化钠注射液治疗急性脑梗死临床研究[J]. 中南药学，2014，12(11)：1149－1151.

[7]黄如训，李常新，陈立云，等. 丁苯酞对实验性动脉血栓形成性脑梗死的治疗作用[J]. 中国新药杂志，2005，14(8)：985－989.

[8]Liu C L，Liao S J，Zeng J S，et al. Dl－3n－butylphthalide prevents stroke via improvement of cerebral microvessels in RHRSP[J]. Journal of the Neurological Sciences，2007，260(1/2)：106－113.

[9]段瑞生，赵宝华，靳玮，等. 丁苯酞氯化钠注射液联合降纤酶治疗进展性卒中对血清 TNF－α 和 IL－8 含量的影响[J]. 脑与神经疾病杂志，2012，20(6)：428－430.

[10]李继英，赵杨，张臻年，等. 通脑活络针刺疗法对急性脑梗死患者 BI、NIHSS 评分的影响[J]. 中国中西医结合杂志，2011，31(1)：28－32.

补肾填精、化痰祛瘀通窍复法
治疗卒中后认知功能障碍

一 临证经验

脑卒中起病急骤,病情变化迅速,可引起认知功能障碍。研究显示卒中后 1/2～2/3 的患者存在不同程度的认知功能障碍,1/3 患者最终发展为痴呆。卒中后认知功能障碍(PSCI)指在卒中后明显出现的一系列认知损害综合征,是血管性认知障碍的组成部分。

(一) 中医对卒中后认知功能障碍的认识

卒中后认知功能障碍以善忘、神情呆钝、智能减退、言辞颠倒、头晕耳鸣,或伴舌强语謇、手足痿弱不用为主症。临床表现多样,病机复杂,但核心病机可归结为肾精不足、髓海空虚、痰瘀阻窍,治以补肾填精、化痰祛瘀通窍。

(二) 赵杨教授从复法立论治疗卒中后认知功能障碍

1. 从复法立论治疗卒中后认知功能障碍

卒中后认知功能障碍复法是采用两种以上治法治疗证候兼夹、病机错杂一类疾病的主要治疗方法。赵杨教授认为通过复合立法、组方配伍,使各种药物相互为用,形成新的功用,以增强疗效,是治疗疑难病症的重要方法。PSCI 证候兼夹多变,病机复杂,发病多归因于元气耗伤，肾精不足，脑脉失养，导致猝然昏仆，半身不遂；中风后肾阳虚衰，水液无以蒸腾气化，变生痰饮；肾精难以上荣于脑，元阳推动无力，血聚为瘀；痰浊、瘀血作为中风后病理产物，阻塞脑窍，痰瘀互阻，脑髓失养。本病以肾精不足、髓海空虚为本，痰瘀阻窍为标。由于本病的多重复杂病机，临证常采用复法治疗。

2. 以复合立法治疗卒中后认知功能障碍

(1) 肾精不足、髓海空虚是发病之本，故治以补肾填精

PSCI 主要表现为脑神失养，脑神赖以精髓滋养，髓由肾精所生。肾精不足，无以充养脑髓，正如叶天士《临证指南医案》所云："神呆等，乃本为肾之阴精亏虚，不能上充于脑，久之则脑髓消，耳数鸣。"本病多发生于"阴气自半"的中老年人，髓海渐空，肾精不足，阴虚阳亢，机体状态多已转入虚损，甚或衰败，皆存在肾精不足、髓海空虚，这正是 PSCI 发病的体质因素。临床可见齿枯发焦，腰酸骨软，懒惰思卧，舌瘦色淡，苔薄白，脉沉细弱。由于肾和脑的特殊关系，赵杨教授主张治疗上益脑者首重补肾填精。正如陈士铎所云："不去填肾中之精，则血虽骤生，而乃长涸，但能救一时之善忘，而不能冀长年之不忘也。"补肾者重在充养肾之阴精。补肾一则治本，二则扶正祛邪，截断痰瘀滋生之源。临证用药多选择熟地、菟丝子、鹿角胶、龟板胶、益智仁、黄精、桑葚子、山萸肉、枸杞子等，选方如七福饮、补天大造丸、地黄饮子、左归丸、右归丸、六味地黄丸。

(2) 痰瘀互结是发病之标，故治以化痰祛瘀

痰浊、瘀血既成，扰乱神明，蒙蔽元神，导致呆病。PSCI 患者元阳亏损，阴阳不调，气血精髓转化失常，风火肆虐渐减，痰瘀胶结难除，痰瘀浊气杂聚脑髓。脑失清阳、津液、精髓濡养，引起痴呆，即所谓"痰迷心窍，则遇事多忘"，"凡心有瘀血，亦令健忘"。痰浊阻窍可致神机失用。高龄中风之人，肾精耗伤，日久脾肾阳虚。脾虚难以运化水湿，聚湿成痰，痰气留滞于脑，蒙蔽清窍。痰凝脑府，元神被蒙；痰火扰神，狂扰妄动；痰滞五脏，五神受扰，痴呆遂生。正如陈士铎《辨证录》曰："胃衰则土制水而痰不能消，于是痰居于胸中而盘踞于心外，使神明不清而成呆病矣。"临床可见哭笑无常，喃喃自语，不思饮食，脘腹痞满，口多痰涎，头重，舌淡苔白腻，脉滑。赵杨教授临证多选择半夏、茯苓、石菖蒲、远志、贝母、陈胆星等，选方如涤痰汤、指迷汤、菖蒲郁金汤、温胆汤。瘀阻脑窍可致清窍失灵。中风迁延不愈，元阳亏虚，脏腑功能失调，推动无力，血运不畅，血脉瘀阻。瘀血阻滞，清窍受蒙，神机失用；瘀阻脑窍，脑气与脏气不接，脑失濡养，精髓枯萎，呆钝加剧。临床可见面色晦暗，肌肉萎缩，肌肤甲错，肢体麻木，口干不欲饮，舌暗，或有紫气、瘀点、瘀斑，脉细涩。赵杨教授临证多选择赤芍、川芎、丹参、桃仁、红花、当归、地龙、水蛭、全虫等，选方如通窍活血汤、桃红四物汤、补阳还五汤、血府逐瘀汤。痰瘀可以相互兼夹转化，痰可致瘀，瘀可致痰。痰饮积久，气机升降失常，气血运行受阻，则成瘀血，正如唐容川《血证论》云："痰水之壅，瘀血使然。"瘀血日久，津液循环输布不利，聚而为痰，《景岳全书》说："痰涎本皆血气，若化失其正，则脏腑病，津液败，而血气即成痰涎。"痰瘀交结入脑，与精髓错杂，气血难以滋养头目，脑失所养，精髓渐枯而致痴呆；或蒙闭脑窍，神明阻闭，发生呆傻愚笨。此时当涤痰与逐瘀并用，可选用双合汤。

（3）病位在脑，故治以通窍醒脑

脑在人体其位最高，为精神思维活动的主宰，其性至清至纯，喜静而恶扰，喜清而恶浊，最忌浊邪壅塞。中风病后痰瘀胶结难除，脑窍若为痰浊、瘀血所蒙闭，神明受扰，可见痴呆症候。PSCI病位在脑，故尤应注重脑病之治，治以补肾填精而益脑，化痰祛瘀而通脑，芳香上行而走脑，辛香走窜可入脑。根据中药药性理论，"芳香"药物既可入脑,又可开窍,可通过血脑屏障入脑发挥治疗作用。因此,在补肾填精、化痰祛瘀基础上可适当配伍芳香通窍药物治疗 PSCI,以达到引诸药入脑,芳香开窍定志之目的,诸如丁香、冰片、郁金、菖蒲等。

3. 精于辨证,审证求机,复法合方

PSCI 表象多变,证候繁杂,临床应以基本病机为核心进行辨证,切实做到审证求机,辨证论治。正如周仲瑛教授所言:"抓住了病机,就抓住了病变实质,治疗也有了更强的针对性。求机的过程,就是辨证的过程。"对于 PSCI 病机复杂、病性多样,可审证求机,复法合方论治。复法是指"复合立法",复方组成可大可小,核心在于治法的复合。论治本病应识得虚中有实,实中有虚,不囿于纯补或祛邪,应把握标本主次的动态变化,强调标本兼顾,治标顾本,治本顾标,缓急分调,机圆法活,择方选药应药性平稳,"轻灵不是隔靴搔痒,重剂不能猛浪太过,大方不可杂乱无章,独行必须药证相符"。赵杨教授提出治疗 PSCI 虽然应采用补肾填精、化痰祛瘀、通窍醒脑复法大方,但组合应有序,平淡中和,久服无弊。

二 验案举隅

张某,男,78 岁,2015 年 6 月 2 日初诊。

患者半年前突发中风,左侧肢体无力,仅可扶持站立,言语謇涩,小便难以自控,其后逐渐出现反应迟钝,表情淡漠,昏昏欲睡,难识家人,症状时轻时重,伴有喉中痰鸣,口角流涎,手足冰冷,大便难解,小便清长。舌暗红、苔薄腻,脉弦滑。辨证属肾精不足、痰瘀阻窍,治以补肾填精、化痰祛瘀通窍。处方:制首乌 15 g,制黄精 15 g,熟地黄 15 g,益智仁 6 g,陈胆星 10 g,石菖蒲 10 g,炙远志 6 g,制半夏 10 g,陈皮 6 g,赤芍 10 g,当归 10 g,炒桃仁 10 g,红花 6 g,茯苓 10 g,炙全蝎 4 g,炙僵蚕 10 g,冰片 2 g(另兑),熟大黄 6 g。14 剂,水煎,日服 2 次。

二诊:2015 年 6 月 16 日。服上药后喉中痰鸣、口角流涎减轻,大便日行一次,但仍手足冰冷,小便清长。舌暗红,苔薄白微腻,脉小弦滑。上方加菟丝子 10 g、制萸肉 6 g、枸杞子 10 g。

随症加减调治 4 月余,症状显著减轻。

按语 患者老年男性,"阴气自半",年老体虚,肾精不足,髓海空虚,中风病后,留瘀停痰,痰瘀互结,阻塞脑窍,发生痴呆。选方以首乌、黄精、菟丝子、枸杞子、益智仁补肾填精、益脑生髓;陈胆星、制半夏、全蝎、僵蚕、菖蒲、远志化痰开窍;当归、赤芍、桃仁、红花活血化瘀,冰片、远志开窍醒脑。纵观全案,在辨治过程中采用标本兼顾、阴阳并调之法,虚实兼顾,填精益脑、化痰祛瘀、通窍醒脑、兼以顾护脾胃。补肾、化痰、祛瘀、通窍、健脾诸法并举,协同奏效,虽为复法但组合有序,制方妙法值得深思精研。

参考文献

[1]曲斯伟,宋为群. 经颅直流电刺激在卒中后认知功能障碍康复中的研究进展[J]. 中国脑血管病杂志,2016,13(4):219-224.

[2]Mellon L, Brewer L, Hall P, et al. Cognitive impairment six months after ischaemic stroke: A profile from the ASPIRE-S study[J]. BMC Neurology, 2015, 15(1): 31.

[3]左丽君,廖晓凌,李子孝,等. 卒中后认知功能障碍研究新进展[J]. 中国卒中杂志,2017,12(10):962-967.

[4]朱垚,郭立中. 国医大师周仲瑛复法辨治重型再障临床思路剖析[J]. 环球中医药,2016,9(7):810-811.

[5]周仲瑛.周仲瑛医论选[M].北京：人民卫生出版社，2008.

[6]过伟峰，尚文斌，袁园，等.通脉益智胶囊治疗血管性痴呆的临床研究[J].南京中医药大学学报，2009，25(4)：255-257.

[7]冯兴建.痰瘀搏结是血管性痴呆的病机关键[J].现代中西医结合杂志，2010，19(3)：386-388.

[8]黄龚春.血管性痴呆基本病机及治法探讨[J].实用中医内科杂志，2006，20(5)：463.

[9]朱杰.审证求机复法合方：国医大师周仲瑛教授的变与不变[J].中医药通报，2013，12(2)：20-24.

[10]朱垚，吴洁，郭立中.《金匮要略》中复法思想的体现及运用[J].中医杂志，2013，54(22)：1900-1901.

中风急救合剂治疗缺血性中风急性期

一 临证经验及理论探析

缺血性中风起病急骤,病情重,变化快,中医辨证急性期常以标实证为主,少部分患者表现为气虚血瘀、阴虚风动。在标实为主的证候中,以风、痰、瘀互结,阻滞气机、损伤脉络的情况最为常见。寻找有效的治疗途径和治疗药物,减轻脑缺血后的神经功能损伤,提高患者的日常生活质量,降低缺血性中风的致死率和致残率,具有重大的现实意义和社会价值。目前中医药治疗中风病已逐渐彰显出独特的优势,成为临床和科研的主要研究方向。本文立足对中风病"急则治其标"的原则,拟对中风急救合剂治疗缺血性中风急性期进行以下阐述和探析。

(一)中医对本病的认识

缺血性中风急性期的主要病机风阳上扰、气血逆乱是发病的关键;风痰瘀互结,闭阻气机,滞于脉络是中风病的基本病理环节,三者往往相互兼杂,影响机体的气血阴阳平衡,病程日久,随着病机变化,最终导致中风发生。

1. 病因病机

(1) 肝风内动是发病关键

中风之为病,"风"为主邪,唐宋以前多主"外风",唐宋以后多以

"内风"立论,结合现代医家学者共识,以"内风"立论应更为合理。近贤三张(张伯龙、张山雷、张锡纯)上溯《内经》,参以西医,均强调了中风乃"血菀于上""血之与气并走于上"等病机,如张锡纯指出,中风虽有外受内生之别,但外中风邪之下,必有主内之虚损,常表现为肝阳上亢致使他脏之气随逆,从而引起以气机逆乱为发病关键的诸多证候。内风之产生,多认为与肝相关。风阳扰于上,常认为肾水亏于下,即本虚标实之意,如因气血衰少,脏腑功能失调,而肾为水脏,肝为风木之脏,各种原因引起的肾中精血渐亏,肾阴不足,则水不涵木,阴不敛阳,肝阳上亢而化"风",以致虚风。痰瘀闭阻于脑络则扰乱神机,可出现昏不识人、猝然仆倒等症,痹阻经络则可出现肢体偏枯、言语謇涩等症,是故发为中风。

(2)痰瘀互结为病理基础

《内经》中早有痰浊内动。如怒为肝志,《素问》中"怒则气上""怒则气逆""大怒则形气绝,而血菀于上,使人薄厥"等讲到暴怒伤肝,易引起气机逆乱,可表现为肝升太过而上逆化风,抑或是肝阳过亢而化火生风,又如《素问·至真要大论》言"诸逆冲上,皆属于火"。风火阳亢等热邪一边灼液成痰、熬血为瘀,一边夹带气血痰瘀上冲于脑,引起气血运行不畅、瘀血与中风相关的论述。《素问·通评虚实论》有云"凡治消瘅、仆击、偏枯……气满发逆,肥贵人则高粱之疾也",指出常食肥甘厚味者,易致脾运失健,则痰湿内生,或蒙蔽清窍,或阻滞经络,发为中风,如明·戴元礼《证治要诀》所述"中风之证,卒然昏倒……或口眼歪斜,或半身不遂,或舌强不语,皆痰也"。痰浊黏滞脉络,影响气血运行,而易中风者,常元气亏虚,如清·王清任在《医林改错》中云"半身不遂,亏损元气,是其本源""元气既虚,必不能达于血管,血管无气,必停留而瘀"。血行不畅,瘀滞则生,痰瘀互结,滞于经络或闭阻脑络,发为中风。而痰浊和瘀血既是津液代谢失常的病理产物,又是新的致病因素,二者常常是因痰成瘀、由瘀生痰、互为因果、搏结交织为患。

(3) 闭阻气机乃致病的重要环节

缺血性中风病总属本虚标实,患者常因先天或后天因素影响,存在机体阴阳失衡状态,久则引起脏腑功能受损,气机升降失调,升降失调者,清气不得以升,浊气不能敛降,宜藏者反泻,应行者却滞。损及中焦者,影响气、血、津液的正常生化与输布,则邪风、痰浊、瘀滞内生;痰瘀阻滞,影响中焦枢机不利,脾不升清,胃不降浊,糟粕不传,腑气不通,引起气机闭阻,瘀滞加重,如此负向循环。损及脉络者,尤数脑络主要起温煦、濡养、渗灌脑窍之作用,保持脑络功能结构的完整是脑窍正常发挥其功能的基础,如《灵枢·平人绝谷》所云"血脉合利,精神乃居"。故风挟痰瘀,阻闭气机,气血不能荣营脑髓、肢体,则可见神识不清、半身不遂等症状。

2. 赵杨教授治疗缺血性中风急性期的重要方法

(1) 平肝息风,急制其动

缺血性中风病机总属内风引动气、血、痰、瘀等上行犯脑,闭阻气机而成,及时制其始动因素显得尤为重要。西医对于中风,强调时间窗的诊断及治疗,结合脑梗死后的病理改变,自由基的损伤,氧化—抗氧化平衡被破坏,炎性介质及炎症相关蛋白酶等的过度参与,均促使神经细胞发生凋亡、坏死,增加了血管内皮细胞和血脑屏障的通透性,加重神经细胞毒性损害,加速破坏血脑屏障,加剧脑水肿情况,因此急性期的治疗也常与患者康复程度密切相关。中医辨中风急性期,多以标实为主,常在阴亏不制的本虚基础上,由肝升过旺或肝阳过亢等因素引起内风扰动,故治疗时不忘平肝、清肝,如此,既可调理肝之本身脏腑功能,又可绝其生风之源,如张山雷云"病形虽在肢节,病源实在神经,不潜其阳,不降其气,则上冲之势焰不息,神经之扰攘必无已时",强调中风治疗重在及时辨清病源,潜阳息风。

(2) 化痰通络,速调气机

内风常挟痰瘀滞于脉络,阻闭气机,蓄于脑髓,气机不畅可又加重痰瘀互阻,影响正常气血津液的化生与输布,故快速清除"病邪",对恢复神机灵巧具有重要意义。然则"百病兼痰,痰瘀同源",痰浊、瘀血常互为因果,由此引起的痰瘀互结必须通过化痰祛瘀、活血通络加以疏导,促其消散与吸收,使脉道通利,气机调畅,脑络自通。有Meta分析纳入以痰瘀同治为主要组方依据的临床随机对照试验,结论表明,在西医常规治疗基础上,加用以痰瘀同治为主要组方依据的中药方剂,能有效提高缺血性中风的临床疗效,尤其有利于恢复中风所造成的神经功能缺损。

(3) 通腑降浊,祛邪安正

如沈金鳌所言"中风若二便不秘,邪之中尤浅"。腑实证已被公认为中风急性期中常见证候,并以痰热为主。经多种研究证实,通腑法是为治疗急性期脑血管病中重要的环节,重点在于尽早地运用通腑治疗,能较早地改善患者脑水肿情况,并减缓病情的加重趋势,以减轻病损程度和改善患者的意识状态。《素问·五常政大论》有言"病在上,取之下"。中风急性期,气逆上犯于脑而为发,故气机的调畅与否成为影响病情的重要因素。通腑降浊法是通过祛除肠道积滞,使浊气下趋,以通降上逆之气,引导气机渐趋调和的方法。气机升降有序,有助脾胃功能恢复正常,则清气自升,正气渐复,有利于病情转愈。

(二) 继承和应用——中风急救合剂

中风急救合剂为南京市中医院自制制剂(苏药制字 Z0400084),由南京市中医院脑病科专家李继英教授所拟。李教授在继承前贤的基础上提出了"中医为主、中西医结合、针药并用、急救和康复结合"的中风临床治疗体系,大力发展了中医治疗中风病事业,并执导研究开发了 10 种院内自制制剂。其中,中风急救合剂针对缺血性中风急性期病因病机特点,结合长期临床运用及观察,去粗取精,反复推敲所拟得,目前仍广泛运用于本院临床。前期临床观察亦表明,在西医常规治疗的基础上,加用合剂,能够明确改善急性期患者神经功能缺损症状。

合剂全方 8 味,由钩藤、决明子、全瓜蒌、法半夏、莪术、麦冬、枳壳、生大黄组成,主治中风急性期病变。病变期以肝风急挟痰瘀,于内阻滞气机为患,故拟平肝息风、化痰通络等为治法。对于钩藤,《本草纲目》云"通心包于肝木,风静火息";《本草述》中又述其治中风瘫痪、口眼㖞斜及一切手足走注疼痛,肢节挛急。故钩藤功能清热平肝,擅治内风扰动之中风偏瘫;决明子亦长清肝热,疏肝风,兼能润肠通腑,以二药为君,上息邪风,下通腑浊;以全瓜蒌、法半夏健脾行气化痰为臣药,半夏善治脏腑之湿痰,与清热涤痰、宽胸散结之瓜蒌配伍,尤去热与痰结,以防痰瘀胶着,闭阻气机;麦冬养阴生津,功长润津枯之肠腑,莪术活血消瘀,又"益气之功在于疏气",同为佐药,一润一行,通调脉络;大黄逐瘀通经、泻下攻积,合枳壳行气导滞为使,加强调理气机,更助通腑降浊。本方药仅 8 味,然组方科学、配伍严谨,针对中风病急性期的病机特点,兼顾安正与祛邪,共奏平肝息风、化痰通络、通腑泻浊之功。

现代医学表明,缺血性中风的病因常与脑血管血栓的形成有关,其来源可包括血管壁、血液及血流等因素的改变,联系脑梗死患者情况,通常伴有高血压、高血脂或者血液黏稠度较高、凝血或纤溶系统功能障碍等基础状态,故解决相关致病因素成为治疗的关键环节。目前药理研究表明,平肝息风药中,钩藤内含的钩藤碱对缺血-再灌注损伤大鼠脑组织有保护作用，还有发现表明钩藤碱可以减轻脑缺血后发生的炎症，并可以明显抑制血小板聚集；决明子中含有的蒽醌糖苷类化合物也可以抑制血小板聚集。化痰药中，药理证实半夏具有延长凝血时间的倾向，并能明显抑制红细胞的聚集，以降低全血黏度；瓜蒌亦被证实其研究活性成分抗血小板聚集作用均很强。化痰不忘行气，有研究表明枳壳的挥发油、水煎剂及生物碱成分有明显的促进胃肠运动的作用，其水提液亦能抑制血栓形成。活血化瘀药中，已证实莪术的部分提取物具有抑制血小板聚集和抗血栓形成的药理作用，还能降低脑梗死体积百分比与脑含水量，有重要的治疗作用。通腑药中，大黄因其大黄素与番泻苷成分可以反射性地增强结肠蠕动，通过促进排便来加速有毒物质的排泄，从而降低内毒素对机体的损害，并有研究证实大黄具有减轻血脑屏障损伤，使脑水肿减轻的作用。通腑不忘适量佐以生津润肠之品，研究证实山麦冬总皂苷不仅可以减少大脑中动脉闭塞模型大鼠的脑梗死灶面积，改善神经功能缺失症状，还能明显延长模型小鼠的凝血时间和出血时间，具备抗凝作用。

中风急救合剂，针对风、痰、瘀为患的缺血性中风急性期发病特点，致力于从平肝息风制其始动、化痰通络调其气机、通腑泻浊祛邪扶正等方面改善疾病症状，不仅符合缺血性中风急性期的病机特点，且具现代药理学的研究基础，不失为治疗本病急性期较为理想的一个中药复方。

二 验案举隅

患者李某某，男，68 岁，2018 年 3 月入院。右侧肢体活动不利、伴言语蹇涩 5 天。

患者入院时右侧肢体活动不利,行走不稳,言语欠利,口角歪斜,饮食乏味,大便干结难解,舌淡红尖有点刺,舌苔黄腻,边有齿印,舌下静脉曲张,脉弦有力。查体:伸舌右偏,右上肢肌力3级,右下肢肌力3级,右侧病理征阳性。血压170/105 mmHg,CT示:多发性脑梗死。头颅MRI:左侧基底节区脑梗死。证属风痰阻络,痰热腑实,治宜化痰通腑泄浊,给予中风急救合剂配合西药治疗。全方8味,由钩藤、决明子、全瓜蒌、法半夏、莪术、麦冬、枳壳、生大黄组成,每次服30 mL,每日3次。服药14天症状好转,大便通,舌苔由黄腻转为淡黄,饮食有改善,右上肢肌力恢复至4级,下肢肌力5级,生活尚能自理,住院满疗程后好转出院。

后期长期随访,做好脑卒中二级预防,至今病情稳定。

---------------------------------- 参考文献 ----------------------------------

[1]张佛明,张新春,黄燕. 痰瘀同治法治疗缺血性中风 Meta 分析[J]. 南京中医药大学学报,2007,23(6):358-361.

[2]中华全国中医学会. 中风病中医诊断疗效评定标准[J]. 中国医药学报,1986,1(2):56-57.

[3]王永炎. 运用通腑化痰法则治疗急性缺血性脑卒中158例临床疗效观察[J]. 中国医药学报,1986,1(2):22.

[4]刘岑,高颖,邹忆怀. 化痰通腑法治疗中风痰热证之临床应用与理论创新[J]. 中国中医基础医学杂志,2011,17(1):89-91.

[5]秦峰. 中风急救合剂治疗急性缺血性卒中疗效观察[J]. 现代中药研究与实践,2016,30(2):64-67.

[6]胡雪勇,孙安盛,余丽梅,等. 钩藤总碱抗实验性脑缺血的作用[J]. 中国药理学通报,2004,20(11):1254-1256.

[7]高丽娜,宋宇,徐薇,等. 钩藤碱对缺血再灌注诱导大鼠星形胶质细胞

损伤的作用[J]. 药学与临床研究, 2009, 17(1): 1 - 4.

[8]Song Y, Qu R, Zhu S H, et al. Rhynchophylline attenuates LPS-induced pro-inflammatory responses through down-regulation of MAPK/NF-κB signaling pathways in primary microglia[J]. Phytotherapy Research, 2012, 26(10):1528 - 1533.

[9]谢笑龙, 龚其海, 陆远富, 等. 钩藤碱对家兔血小板聚集及胞浆游离钙离子浓度的影响[J]. 中国药理学与毒理学杂志, 2011, 25(1): 68 - 71.

[10]Yun-Choi H S, Kim J H, Takido M. Potential inhibitors of platelet aggregation from plant sources, V. Anthraquinones from seeds of Cassia obtusifolia and related compounds [J]. Journal of Natural Products, 1990, 53(3): 630 - 633.

[11]蒋文跃, 杨宇, 李燕燕. 化痰药半夏、瓜蒌、浙贝母、石菖蒲对大鼠血液流变性的影响[J]. 中医杂志, 2002, 43(3): 215 - 216.

[12]刘岱琳, 曲戈霞, 王乃利, 等. 瓜蒌的抗血小板聚集活性成分研究[J]. 中草药, 2004, 35(12): 1334 - 1336.

[13]官福兰, 王如俊, 王建华. 枳壳及辛弗林对小鼠胃排空、小肠推进功能的影响[J]. 现代中西医结合杂志, 2002, 11(11): 1001 - 1003.

[14]宿树兰. 枳壳的研究进展[J]. 中药材, 2001, 24(3): 222 - 224.

[15]李林, 陆兔林, 卞慧敏, 等. 莪术活血化瘀有效物质研究[J]. 上海中医药大学学报, 2004, 18(3): 40 - 42.

[16]吴桂甫, 王柳萍, 凌兰, 等. 莪术对大鼠缺血性脑中风的治疗作用及其机制研究[J]. 中药与临床, 2013, 4(6): 34 - 36.

[17]金兰. 大黄的药理作用及临床应用进展[J]. 中国医药指南, 2013, 11(11): 487 - 488.

[18]唐宇平, 蔡定芳, 刘军, 等. 大黄改善急性脑出血大鼠血脑屏障损伤的水通道蛋白-4机理研究[J]. 中国中西医结合杂志, 2006, 26(2): 152 - 156.

[19]邓卅, 李卫平, 任开环, 等. 山麦冬总皂苷对局灶性脑缺血损伤的保护及抗凝血作用研究[J]. 中国药房, 2007, 18(30): 2332 - 2334.

针刺联合偏瘫复原合剂治疗急性脑梗死

一 临证经验

脑梗死因其高发病率,高致残率,高死亡率等特点造成国家和家庭疾病负担和医疗费用持续上升。针药结合治疗急性脑梗死安全并且疗效确切,能有效改善脑梗死患者神经功能,帮助恢复运动平衡功能,显著提高其日常生活自理能力,减轻家庭和社会的经济负担。

(一)中医对本病的认识

中风病多属本虚标实,在阴阳气血不足基础上,因风、火、痰、瘀等多种因素共同作用于人体,导致脏腑功能失调,气血逆乱于脑而产生。总以瘀血阻络为共同病机特点,治宜活血化瘀为是。

(二)赵杨教授对本病治疗的继承和创新

赵杨教授应用院内制剂偏瘫复元合剂联合针灸治疗急性脑梗死取得了较好疗效。通脑活络针刺法的诸多穴位在颅顶形成一个立体网络,通过在上述穴位施加较强针感,能够通过循经感传作用,缓解急性脑梗死始动期的血流动力学障碍,恢复缺血半暗带的血供,进而逆转脑梗死的进程。同时再配合体针促进气血循环、调整肌张力、恢复肌力,舒筋活络,调节脏腑功能。通脑活络针刺法已经于临床及试验研究证实，可显著改善患者发病后的 NIHSS 评分及 ADL 评分，降低患者的致残率，提高患者的生活质量。

偏瘫复元合剂由黄芪、丹参、川芎、地龙、川牛膝、鸡血藤组成。以上几味中药在缺血性脑卒中治疗中，无论是使用频率还是组方药对均位于前十位。《本经逢原》曰："黄芪通调血脉，流行经络"。现代药理研究认为黄芪对血压有双向调节作用，可保护内皮细胞，有明显的凋亡抑制作用。《本草便读》记载丹参"能祛瘀以生新，善疗风而散结，性平和而走血"。与黄芪相伍，益气活血，气行血亦行，瘀去则新血自生。川芎可"上行头目，下行血海"，其有效成分可迅速透过血脑屏障，有利于改善脑部微循环。地龙能有效降低各种自由基、炎性细胞因子水平，从而发挥着抗炎、抗损伤作用，同时有抗凝血、溶血栓双重作用。川牛膝活血化瘀，引血下行，在《本草正义》中有"用之于肩背手臂，疏通脉络，流利关节"之说。其提取物具有一定的抗氧化活性，亦有明确的降压作用。《饮片新参》记载鸡血藤"去瘀血，生新血，流利经脉"，同时"凡藤蔓之属，皆可通经入络"。鸡血藤可明显抑制血小板聚集，降低血管阻力。以上诸药相合，既益气养血以治本，又能活血通络以治标。

二 验案举隅

患者刘某某，女，72 岁，2013 年 12 月入院。左侧肢体活动不利伴麻木 2 天。

患者入院时左侧肢体活动不利，行走不稳，偏身麻木，饮食欠香，大便干结，舌淡红，舌苔黄腻，边有齿印，舌下静脉曲张，脉弦有力。查体：伸舌左偏，左上肢肌力 3 级，左下肢肌力 3 级，左侧病理征阳性。血压 160/90 mmHg，CT 示：多发性脑梗死。头颅 MRI：右侧基底节区脑梗死。

证属风痰阻络、痰热腑实,治宜化痰通腑泄浊,给予偏瘫复元合剂配合西药治疗。全方 5 味,由川芎、地龙、红花、鸡血藤、黄芪组成,每次服 30 mL,每日 3 次,服药 14 天。同时配合针灸治疗,取穴脑梗死病灶侧前神聪～悬厘穴平分 3 段,取 4 穴,双侧风池、百会、四神聪、双侧太阳、人中穴;辅穴:肩髃、曲池、手三里、外关、通里、合谷、环跳、阳陵泉、足三里、三阴交、解溪、昆仑。

患者症状好转,大便通,左上肢肌力恢复至 4 级,下肢肌力 5 级,麻木症状有所缓解,生活尚能自理,住院 14 天后好转出院。

后期长期随访,做好脑卒中二级预防,至今病情稳定。

参考文献

[1]李继英,赵杨,张臻年,等. 通脑活络针刺疗法对急性脑梗死患者 BI、NIHSS 评分的影响[J]. 中国中西医结合杂志,2011,31(1):28-32.

[2]佟丽,谭县辉,沈剑刚. 补阳还五汤及不同配伍组方对缺血性脑中风后大鼠神经增殖作用的对比研究[J]. 中国中西医结合杂志,2007,27(6):519-522.

[3]刁勇,梁振生,李玉东,等. 黄芪防治脑缺血损伤的研究进展[J]. 中国药学杂志,2010,45(3):161-165.

[4]裴艳霞. 川芎的药理作用及临床应用[J]. 中国医药指南,2011,9(34):197-198.

[5]肖移生,侯吉华,伍庆华,等. 地龙对大鼠大脑局灶性脑缺血损伤保护作用研究[J]. 中药药理与临床,2009,25(6):62-64.

[6]刘文雅,王曙东. 地龙药理作用研究进展[J]. 中国中西医结合杂志,2013,33(2):282-285.

[7]张培全,刘盈萍,张超. 川牛膝提取物清除自由基作用的研究[J]. 中药

材，2013,36(3)：458 - 461.

[8]曹飞，童平，高书荣. 川牛膝治疗高血压病研究进展[J]. 现代中西医结合杂志，2012，21(25)：2849 - 2850.

[9]符影，程悦，陈建萍，等. 鸡血藤化学成分及药理作用研究进展[J]. 中草药，2011，42(6)：1229 - 1234.

[10]杨丽. 当归、鸡血藤、丹参、红花补血与活血之探讨[J]. 中国中医急症，2010，19(9)：1566 - 1567.

针灸治疗卒中后便秘

一 临证经验及研究

卒中是临床常见病,具有高发病率、高死亡率、高致残率、高复发率的特点。中老年病人的脏腑功能本身已有减退,再因卒中病人长期卧床、活动受限等因素的影响,很容易引起许多并发症。卒中后便秘是最为常见的并发症之一,而且常常与消化不良或饥不欲食、睡眠障碍等纳眠失常情况并见,严重影响了卒中患者的生活质量。相关调查结果显示,缺血性卒中患者大部分会出现便秘症状,患病率甚至高达55%。

(一) 中医针灸对本病的治疗

在临床治疗的过程中,急性期多以实证为主,恢复期虚实夹杂,后遗症期以虚为主,或夹有实证,根据"急则治其标,缓则治其本",辨证应用急下存阴法、化痰通腑法、行气导滞法、补中益气法、养阴增液法、温补肾阳法等,配合针灸可达到协同治疗的作用。针灸作为祖国传统医学的重要治疗手段之一,具有疏通经络、调和阴阳、扶正祛邪的治疗作用,对于卒中后便秘有较好的疗效。

1. 针刺疗法

(1) 体针

张国忠等选取双侧天枢穴，配以补泻手法中的泻法治疗卒中后便秘，总有效率达 93.33％，并且认为针刺能平衡阴阳、调和内分泌、益气活血、增强机体免疫力。刘向东等对伴便秘的出血性中风患者，治疗基本方法均采用石学敏中风单元疗法常用的方法进行治疗，治疗组在对照组的基础上加用大肠俞、上巨虚、支沟、照海，结果显示第一疗程后排便间隔时间、排便速度、排便难度积分改善情况有显著性差异；第二疗程后各症状积分改善情况差异有显著性；治疗前后神经功能缺损程度评分比较差异均有显著性，提示：运用通腑开窍法针刺治疗伴便秘的出血性中风患者具有改善通便、改善神经功能缺损的疗效。胡俊霞研究表明，针刺百会、四神聪、天枢、关元治疗中风后便秘与口服复方芦荟胶囊对照组的疗效相似。史江峰将 80 例中风后便秘患者随机分为两组，针刺组采用俞募原配穴，选取大肠俞、天枢、太溪、太白等穴治疗，药物组口服果导片，结果显示针刺组对临床症状如大便干结、艰涩不畅、腹胀腹痛、胃纳减退等较药物组有明显的改善作用，得出俞募原配穴针刺治疗中风后便秘疗效确切。王玮等选取治疗组针刺太渊、太白、中脘等穴，对照组使用软皂通便灌肠，治疗组总有效率 98.47％，对照组 73.77％，表明：针刺诸穴，使肺气得降，脾气得升，大肠得通。曹铁民等将 50 例中风后便秘患者随机分为针刺治疗组 30 例，取支沟、气海、天枢、足三里等穴，对照组 20 例口服吡沙可啶肠溶片（便塞停），结果两组痊愈率比较，针刺组较对照组差异有显著性意义。

(2) 头针

中风患者由于大脑组织缺血缺氧，上运动神经元受损伤，大脑皮层排便中枢不能接受和发出排便信息，而使脊髓内低级中枢亦丧失其调节作用,导致排便障碍。王彦华认为人的排便动作受大脑皮层和腰骶部脊髓内低级中枢的调节,中风后,大脑皮层旁中央小叶随着大脑供血供氧不足而发生缺血,局部功能受损,便秘随之发生。针刺头顶部的顶中线及足运感区,可调整该部位的血液循环,从而调节排便中枢,改善因中风而造成的排便困难。周炜等探讨针刺头穴足运感区对脑血管病后便秘的疗效,对照服用番泻叶治疗,治疗组总有效率虽然与对照组无显著差异,但治疗后 2、4 周有效率显著高于对照组,差异有显著性意义,针刺组副作用的产生明显少于对照组。表明:针刺头穴足运感区是治疗脑血管病后便秘的良好方法。张亚娟等探讨头针足运感区配合五脏俞治疗中风后便秘的疗效。治疗组在针刺足运感区,毫针在背部五脏俞平刺入,针尖朝向腰部,施平补平泻法得气后留针 30 min,每日 1 次,治疗 10 天为 1 个疗程。对照组常规服用番泻叶。结果治疗组有效率96.6%,对照组有效率 76.6%,表明头针足运感区配合五脏俞治疗中风后便秘有较好效果。

2. 电针疗法

电针有加强针感和电刺激的双重作用,治疗多选用疏密波,主要是因为疏密波是以兴奋效应占优势,能增加代谢,促进气血循环,进而在加强针刺疗效的同时,兴奋胃肠平滑肌,使胃肠蠕动加强加快,促进大便的排出,加强通腑的力度。崔海等研究表明,以电针双侧天枢,配足三里、中脘,三穴治疗中风后便秘较口服复方芦荟胶囊治疗组为优,且副反应小,并以脾胃论治,注重后天之根本,临床较为适行。刘未艾等将 70 例中风后便秘患者随机分为治疗组 35 例和对照组 35 例,治疗组选取天枢(双)、丰隆(双)、支沟(双)、左水道、左归来、左外水道(水道穴旁开 2 寸)、左外归来(归来穴旁开两寸),予天枢、左水道等电针治疗,对照组予番泻叶泡服治疗。结果显示两组远期疗效,治疗组优于对照组。两组不良反应发生例数比较,治疗组不良反应发生少于对照组。提示:电针治疗中风后便秘疗效显著,不良反应少,值得临床推广运用。王东升等运用腹部电针刺大横、腹结、天枢、水道穴位治疗中风后便秘,总有效率为92.5%,明显优于西药组西沙必利的72.5%,且电针组症状改善程度较药物组显著。

3. 其他针灸疗法

(1) 温针灸

温针灸是针刺与艾灸结合应用的一种方法,适用于既需要留针而又适宜用艾灸的病证。可温通经脉,调畅气血,使局部血液循环加强,增强胃肠平滑肌的收缩力,增强免疫力,改善机体内环境。李淑芝等将64例中风后便秘的患者随机分为治疗组和对照组,治疗组取穴:天枢、下脘、中脘、关元、石门,采用温针灸的方法;对照组口服酚酞片,对比发现两组近期疗效无显著差异,远期疗效治疗组优于对照组。李桂元运用温针灸治疗中风后便秘,取穴:双侧天枢、上巨虚、足三里、支沟,与同穴针刺组对照,发现两组在促进快速排便及第1个疗程均有确切疗效,且疗效相当,但2个疗程后温针灸组疗效更著于针刺组。

(2) 芒针

芒针是一种特制的长针,因其形如麦芒,故名。具有针体细长、进针深、刺激强、针法独特、能刺"深邪远痹"、疗效显著等优点,被越来越多地应用于临床。刘孔江运用芒针通过大肠俞、气海俞的经络传感作用,调整肠腑"以降为顺"的功能,治疗中风后慢性便秘38例,经临床观察总有效率为92.1%。其采用芒针刺大肠俞、气海俞曾在X线影像片下观察,针深宜3~6寸,针尖最好在L3、L4、L5椎间孔旁,对腹主动脉丛神经有刺激作用,可增强直肠的袋状收缩和集团收缩的功能,使粪便抵达直肠肛门的连接区,通过针刺刺激调节的作用,刺激直肠感受到直肠扩张和接触粪便的复合感觉就会产生便意,以达到临床疗效。

(3) 火罐拔罐

内压对腹部部位的吸拔能加速血液循环,促进胃肠蠕动,改善消化功能,加快各脏器对代谢功能的排泄。刘艳芳等采用腹部拔罐,主穴:中脘、天枢、石门、神阙、关门、腹衰、大巨、大横、承满、梁门、腹结,认为运用腹部火罐治疗脑卒中引起的便秘,既能对肠道起到良好的润肠作用,又能改善便秘症状,属心身同时施治,能获得满意疗效,但在治疗便秘时,应首先辨清脑卒中类型,属脱证者禁用。

(4) 耳穴压豆

耳穴压豆既能持续刺激穴位,又安全无痛、无副作用,目前已广泛应用于临床。现代实验研究证明耳穴相应部位通过神经与胃肠电活动密切相关。徐秀菊认为耳穴压豆通过持续的、强弱不等的刺激耳部穴位,以调整经络气血的盛衰和脏腑功能而达到治疗疾病的目的。利用其治疗中风后便秘经济安全,可反复使用,没有药物的毒性作用,对中风病人的血压、脉搏、体温、呼吸等各种生理功能没有不良影响,一般不受病人身体素质的限制,适用于各种卒中后便秘病人。

4. 针药并用

(1) 针刺结合中药

卒中后便秘的治疗在中医辨证论治的理论指导下,运用中药结合针刺不但能针对性治疗便秘,还可改善中风证候,在缓解便秘症状的同时,也可对肢体的康复起到协同作用,使患者得到最大程度的康复。张圆等治疗中风急性期便秘采用中药化痰通腑,配合醒脑开窍针刺法,证明针药并用配合整体调理治疗脑梗死急性期便秘的效果显著。

（2）针刺结合西药

目前临床常用的药物主要有乳果糖、聚乙二醇、膳通、便塞停、西沙比利、果导、苁蓉通便口服液、开塞露等，这些药物在临床上的使用，很大程度地缓解了卒中后便秘病人的临床症状，提高了患者的生活质量，但在一定程度上都存在依赖性及一定的副作用，如腹胀腹痛、肠功能紊乱、电解质紊乱等。因此针灸结合这些药物的使用，可以减少或避免药物使用，减少对药物的依赖性和降低药物的副作用。

（二）赵杨教授谈针灸治疗卒中后便秘

针灸治疗卒中后便秘疗效确切，针灸有双向调节作用，可以通过对局部穴位的刺激及神经反射，使副交感神经胆碱能纤维兴奋，一定程度上加强肠蠕动，促进调节肠道动力，从而缓解便秘症状。此外针灸也可以改变局部电生理及神经传导，影响脑肠轴及大脑排便中枢，进一步对于卒中后神经功能的修复，及肢体康复起到一定的改善作用。针灸医学作为适应现代社会发展的治疗手段正被越来越多的人接受，针灸治疗卒中后便秘是一种有效的方法，对于卒中后便秘患者疗效确切，安全无毒副作用，操作简单，费用低廉，患者依从性也较好，具有良好的应用前景。

同时也存在一些需要进一步探讨和解决的问题：①针刺取穴、针刺方法繁杂，需进一步深化取穴规律、针刺规律等；②缺乏规范的大样本对照前瞻性设计的临床研究；③基础研究不多，深度不够，临床报道中严格应用国际通用的诊断标准筛选病例，按照随机、对照、盲法的临床医学研究原则进行大样本多中心的研究报道罕见。因此我们应进一步加强研究，以便在临床工作中更充分发挥中医的特色优势,将针灸或更多的中医治疗方法用于卒中后便秘的治疗。

二 验案举隅

患者王某某,男,62 岁,2011 年 4 月入院。左侧肢体活动不能一天。

患者入院时左侧肢体活动不能,饮食欠香,大便秘结难解,舌红,苔黄厚腻,脉弦有力。查体:伸舌左偏,左上肢肌力 1 级,左下肢肌力 2 级,左侧病理征阳性。血压 190/110 mmHg,CT 示:多发性脑梗死。头颅 MRI:右侧基底节区脑梗死。证属痰热腑实,风痰阻络,治予清热化痰通腑泄浊,给予中风急救合剂配合西药治疗,全方 8 味,由钩藤、决明子、全瓜蒌、法半夏、莪术、麦冬、枳壳、生大黄组成,每次服 30 mL,每天 3 次。同时配合针灸治疗,取穴脑梗死病灶侧前神聪至悬厘穴平分 3 段,取 4 穴,双侧风池、百会、四神聪、双侧太阳、人中穴、天枢、关元;辅穴:肩髃、曲池、手三里、外关、通里、合谷、环跳、阳陵泉、足三里、三阴交、解溪、昆仑。

患者症状好转,大便通,左上肢肌力恢复至 3 级,下肢肌力 4 级,住院 14 天好转,后转外院继续康复治疗。

后期长期随访,做好脑卒中二级预防,至今病情稳定。

参考文献

[1] Krogh K, Christensen P. Neurogenic colorectal and pelvic floor dysfunction[J]. Best Practice&ResearchClinical Gastroenterology, 2009, 23(4): 531-543.

[2]陈晓虹, 王玉洁, 陶旭, 等. 脑卒中排泄障碍的评估[J]. 中国临床康复, 2002, 6(13): 1876-1877.

[3]SuYJ, Zhang X Y, Zeng J S, et al. New-onset constipation at acute stage after first stroke: Incidence, risk factors, and impact on the stroke outcome[J]. Stroke, 2009, 40(4): 1304-1309.

[4]张国忠, 窦伟, 陈沛源, 等. 针灸治疗脑血管病患者便秘30例近期疗效观察[J]. 中国临床康复, 2002, 6(7): 1034.

[5]刘向东, 李里. 通腑开窍法针刺治疗伴便秘的出血性中风[J]. 针灸临床杂志, 2007, 23(6): 25-27.

[6]胡俊霞. 针灸治疗中风后便秘40例[J]. 福建中医药, 2006, 37(6): 24.

[7]史江峰. 俞募原配穴针刺治疗中风后便秘临床观察[J]. 上海针灸杂志, 2009, 28(12): 709-710

[8]王玮, 王秀英. 针刺治疗中风后便秘51例[J]. 陕西中医, 2008, 29(2): 217-218

[9]曹铁民, 孙燕. 针刺治疗脑卒中后便秘30例[J]. 陕西中医, 2009, 30(2): 199-200.

[10]王彦华. 头针并穴位注射治疗中风后便秘的疗效观察[J]. 北京中医药大学学报(中医临床版), 2004, 11(1): 27-28.

[11]周炜, 王丽平. 头皮针治疗脑血管病后便秘的疗效观察[J]. 中国针灸, 2001, 21(6): 341-342

[12]张亚娟,袁萍,东贵荣. 头针足运感区配合五脏俞治疗中风后便秘
[J]. 针灸临床杂志,2008,24(1):20-21.

[13]崔海,张海峰. 针刺治疗中风恢复期便秘疗效观察[J]. 辽宁中医杂
志,2004,31(8):683-684.

[14]刘未艾,吴清明,李向荣,等. 电针治疗中风后便秘的疗效观察[J].
针灸临床杂志,2008,24(9):17-18.

[15]王东升,王顺,孔令丽,等. 腹部电针治疗中风后便秘临床观察[J].
中国针灸,2008,28(1):7-9.

[16]李淑芝,宋曼平. 温针灸治疗中风后便秘的疗效观察[J]. 中国科技信
息,2005(9):139.

[17]李桂元. 温针灸治疗中风后便秘的临床疗效观察[D]. 广州:广州中医
药大学,2009.

[18]刘孔江. 芒针治疗中风后慢性便秘 38 例[J]. 中国针灸,2003,23
(12):742

[19]刘艳芳,刘江红. 腹部火罐治疗脑卒中卧床患者便秘的疗效观察[J].
新疆中医药,2008,26(6):34-36.

[20]黄琴峰. 针灸治疗便秘临床规律探讨[J]. 辽宁中医杂志,2009,36
(3):368-369.

[21]刘仍海,江春蕾,马建华. 塞因塞用法治疗泻药性便秘 42 例临床总结
[J]. 辽宁中医杂志,2009,36(4):565-566.

[22]赵建玲,张波,黄建华,等. 热敏灸治疗缺血性中风后便秘的临床观察
[J]. 辽宁中医杂志,2010,37(6):1114-1115.

[23]刘仍海. 张燕生治疗便秘经验撷英[J]. 辽宁中医杂志,2010,37(6):
1143-1144.

[24]徐秀菊. 耳穴压豆治疗中风便秘 62 例体会[J]. 甘肃中医,2003,16
(11):34.

[25]张圆,赵建国,肖蕾. 针药并用配合整体调理治疗脑梗死急性期便秘
体会[J]. 四川中医,2008,26(3):113-114.

养咽生津功辅助治疗帕金森吞咽困难

一 临证经验

中医学把人体的气血循环用水流作喻，来阐述人体气血在经络间循行往复，流注全身，进而调整人体生命活动之过程。帕金森病（PD）又称震颤麻痹，是一种常见病，属于中医学中"震颤""颤证""痉证"等范围，吞咽困难是帕金森病患者非运动症状中消化系统功能紊乱的常见症状之一，主要表现为进食困难，进硬食时更明显，严重时进流质饮食甚至饮水亦引起呛咳，也给患者生活带来严重影响。赵杨教授创新应用养咽生津功法辅助治疗帕金森吞咽困难患者，这是在经络学说和中医传统理论指导下，用思维来调整经络，利用口腔运动刺激分泌唾液，练功中腮颊部、咽喉部、舌、眼的配合运动可同时活动调整十二对脑神经，除第一对嗅神经和第八对听神经外，其他脑神经全部得到调整，以达到养生作用。此功法贵在坚持，才能达到养生健体的目的。

（一）从中医角度探讨养咽生津功法的作用

《灵枢·经脉》里这样说："唇舌者，肌肉之本也"，足见舌的重要性。中医把舌头分为四部分，分别是舌尖、舌中、舌根和舌边，各部分分别对应着不同的脏腑。舌尖属心，反映心、肺病变；舌中属脾，反映脾胃病变;舌根属肾,反映肾、膀胱病变;舌边属肝胆,反映肝、胆病变。舌就像是人体健康的晴雨表,人体的脏腑、经络、气血、津液的变化,都能从舌反映出来。中医常用它来判断身体气血的盛衰,疾病的虚实。历来养生家都认为,健运舌体可以使邪火不生、五脏平安、气调血畅,有利于祛病强身。咽津有何用呢?这里所咽的津液,也就是唾液。这可是人体里的"玉液琼浆",有"生命之水"的美称。在出土的东汉文物《铜尚方规矩镜》中铭文记载:"渴饮玉泉,饥食枣",可见咽津养生由来已久。明朝著名医学家李时珍在他的名作《本草纲目》中对唾液更是盛赞不已,说:"人舌下有四窍,二窍通心气,二窍通肾液,心气流入舌下为神水,肾液流入舌下为灵液……所以灌溉脏腑,润泽肢体,故修养家咽津纳气,谓之清水灌灵根。"所以经常咽津纳气,还是调理心肾、沟通心肾的保健大法。

(二)赵杨主任对养咽生津功法的继承、创新和临床应用

赵杨主任系中医药大学教授,硕士和博士导师,从事临床,教学活动及科研创新工作30余年,擅长中医药诊治帕金森病,辨证施治,对于帕金森吞咽困难,融贯中西,积累了丰富的临床经验。

创新应用养咽生津功是将五步功法调动人体气血,按压一定穴位,咽津纳气,调理心肾、沟通心脑咽喉,有益于吞咽困难患者恢复吞咽功能。帕金森后脑局部循环障碍可引起的吞咽相关的中枢或神经损伤,从而出现各种吞咽反射障碍或吞咽运动不协调,影响患者吞咽过程的顺利进行,导致无法安全进食。51%～73%的患者会发生吞咽障碍,是帕金森的常见并发症之一。中医认为,吞津液能祛病强身具有养生的作用,故而有养咽生津功法被创造出来。保健操简便易行,对人体脏腑功能活动的激发和推动作用比较全面。可避免因阳气欲发而不能发,化为内火上扰心肺及脑所导致的咽喉干,进食困

难,头晕目浊等症。

辨证施术:舌下金津、玉液两穴得以分泌津液助消化、助吞咽,与脏腑密切联系。

(1)用物准备:合适的坐或卧的地方、必要时备屏风、毛毯等

(2)环境与患者准备:病室整洁、光线明亮,协助患者取舒适体位。

(3)操作流程:

①合适体位。

②辰时,即早上7~9点,此时胃气最旺,如练此功法可避免阳气欲发而不能发,化为内火上扰心肺及脑,引发咽喉干,进食困难,头晕目浊等。此时,取舒适的位置座靠住或者平躺下,闭上双目,放松精神及躯体,听着宫音及羽音的乐曲《山居吟》《洞庭秋思》,开始练津化气,意守丹田。其间,能做到入静冥想,或有事半功倍之效。

③起式:此时取舒适的位置坐靠住或者平躺下。选取咽喉三穴(廉泉、人迎、天突)、面部三穴(颊车、下关、承浆),采用点、按、揉、推手法进行穴位按摩松弛肌肉紧张(备注:以上穴位属于足阳明胃经以及任脉,通过按摩可以先将任脉经络之海之气与胃气相交会相融合,再练此功法可达到事半功倍的效果)。

第一节鹊桥通津:舌抵上腭、吞咽口水舌舔上腭,静坐闭目冥心,舌尖轻舔上腭,调和气息,舌端唾液频生。当津液满口后,分次咽下,咽时要汩汩有声,直送丹田。如此便五脏邪火不生,气血流畅,百脉调匀。此外,舌抵上腭,还可以沟通任督二脉。这样能使得全身经络互通,上下之气贯通。

第二节赤龙搅海:腹舌在口内舔摩内侧齿龈,由左至右、由上至下为序做9圈。然后,舌以同一顺序舔摩外侧齿龈9圈。过程中舌尖和舌体顺序按压玉液、海泉、金津等穴位,达到固齿、健脾、清脑的

功效。

第三节鼓漱华池：口唇轻闭，舌在舌根的带动下在口内前后蠕动。当津液生出后，要鼓漱有声，共 9 次。津液满口后分 3 次咽下，并用意念引入丹田，此谓"玉液还丹"，即玉液灌溉五脏，润泽肢体。此也可预防老年痴呆。

第四节赤龙吐芯：把口张大，舌尖向前尽量伸出，使舌根有拉伸感觉。在舌不能再伸长时，把舌缩回口中，如此一伸一缩，面部和口舌随之一紧一松。做 9 次，利五脏养颜面。

第五节叩齿鼓漱：叩齿鼓漱的整个过程，大致有叩齿、搅舌、鼓漱、咽津液等步骤。叩齿鼓漱的基本做法是：清晨起坐，闭目绝虑，舌抵上腭，调匀呼吸，然后叩齿 9 遍。叩后用舌左右前后上下沿着齿龈搅转 9 遍，这样舌底两脉自然汩汩流出津液，等津液满口之时，再鼓漱 9 遍，最后才把鼓漱之液，分三次用意念吞送丹田。叩齿鼓漱的结果是咽下津液，这种津液在道家称之为玉池清水或玉泉。

收式：重复起式。15 分钟后即可收功。

养咽生津功是将五步功法调动人体气血，按压一定穴位，咽津纳气，调理心肾、沟通心脑咽喉，有益于卒中后吞咽困难患者恢复吞咽功能。

二 验案举隅

某患者，男，69 岁，2020 年 1 月 22 日初诊。因"进展性左侧肢体震颤 5 年"至我院门诊就诊。

患者 5 年前无明显诱因出现左上肢静止性震颤，双下肢易感乏力，行走不稳，动作迟缓，饮水呛咳，吞咽困难，翻身困难。外院诊断为帕金森病。平素服用美多芭（250 mg，每日 2 次）、金刚烷胺

（100 mg，每日 2 次）、泰舒达（50 mg，每日 2 次），未予规律用药，病情控制欠佳。之后病人逐渐出现左下肢震颤，流涎症状尤为明显。刻下：左上肢静止性震颤，全身乏力不适，口角流涎，量多，质清稀。饮水呛咳，吞咽困难，翻身困难。小便正常，大便干结，夜寐欠佳。观其舌脉，舌质淡胖，苔白滑，脉沉迟。专科查体：眼球活动正常，面具脸，左侧肢体肌张力增高，对掌捏合动作欠协调，双下肢叩地试验尚可，左侧偏差。前倾步态，有摇臂，后拉试验（±）。赵杨教授辨证此案为颤病、肝肾亏虚证。考虑病人以肢体震颤、饮水呛咳，吞咽困难，翻身困难。主张中西医结合原则治疗帕金森病，建议调整抗帕金森病药物：加量美多芭（375 mg，每日 2 次）、金刚烷胺剂量频次不变（100 mg，每日 2 次），同时予以养咽生津功辅助治疗。

二诊：2020 年 2 月 6 日。病人系统学习养咽生津功后流涎症状较前改善，日间流涎频次较前减少，量仍多，质清稀较前改善。夜间流涎似有减少，但仍沾湿枕巾。左上肢静止性震颤、翻身困难、饮水呛咳，吞咽困难症状缓解。养咽生津功频次同前，未调整抗帕金森病药物。

三诊：2020 年 2 月 20 日。病人自觉昼间流涎症状不显，夜间流涎情况改善，量少不足以沾湿枕巾。饮水呛咳，吞咽困难症状改善，6 个月以巩固治疗。调整抗帕金森病药物：美多芭（250 mg，每日 2 次）、金刚烷胺（100 mg，每日 2 次）。

按语 养咽生津功锻炼中涉及"承浆"穴。承浆为任脉穴，在面部，当颏唇沟的正中凹陷处，在口轮匝肌和颏肌之间，有下唇动、静脉分支，布有面神经及颏神经分支，为改善帕金森病后吞咽障碍之要穴。养咽生津锻炼中通过穴位按摩承浆穴，有助于改善吞咽障碍。

坐式偏瘫复元操在急性脑梗死偏瘫患者中的应用

一 临证经验

坐式偏瘫复元操是针对急性缺血性脑卒中偏瘫、肌力≥3级的患者,根据中医经络理论,对肢体先进行循经拍打、指压穴位,缓解肢体僵硬、疼痛现象后,再进行坐式八段锦的练习,以期得到阴阳和、气血畅、经脉养的治疗效果,促进患者肢体功能的恢复,提高患者生活自理能力,从而为患者提供一种疗效确切、易学、易会、经济实用、操作简便、易于被患者接受的治疗方法。

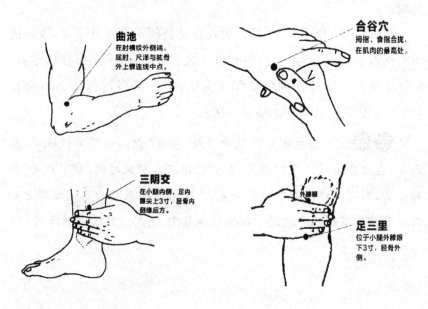

坐式偏瘫复元操分为三节:

第一节 循经拍打:分别对患侧上、下肢阳明经进行拍打,患者取平卧位或健侧卧位,拍打时腕部放松,五指并拢,掌心空虚,拍打频率为80~120次/min,每天2次,每次30 min(早晚各1次),拍打开始时手法宜轻,以后逐渐加重,以皮肤轻度充血发红为度。

第二节 穴位按摩(辨证取穴):分别对患侧上、下肢重点穴位进行按摩。主穴:上肢(患侧):曲池、合谷;下肢(患侧):足三里、三阴交。辨证取穴:①肝阳暴亢:太冲、太溪;②痰热腑实:内庭、丰隆;③阴虚风动:太溪、三阴交;④风痰瘀阻:丰隆、中脘;⑤气虚血瘀:气海、血海。穴位按摩手法选择按揉、推拿、按压、点按等方法相结合,每天2次,每个穴位按揉1~2 min。

第三节 坐式八段锦:①两手托天理三焦;②左右开弓似射雕;③调理脾胃须单举;④五劳七伤往后瞧;⑤摇头摆尾去心火;⑥两手攀足固肾腰;⑦攒拳怒目增气力。坐式八段锦动作应该柔和缓慢,动静相间,做到精神与形体两方面放松,每周5次,每次20 min左右。

(一)传统中医药对脑梗死的认识

祖国医学把急性缺血性脑卒中归为"中风"范畴,认为此病乃内伤积损致使阴阳失调、气血逆乱、脉络瘀阻不畅、脑失濡养形成本病。历代医家总结各种病因,但其基本病机为:阴阳失调、气血逆乱、经络不通、经脉失养。其病位在心脑,与肝肾相关联。该疾病的临床症状有偏瘫、肌肉萎缩无力(肢体功能障碍)、头晕、恶心、失语等,其中肢体功能障碍是其最为常见的临床症状,从中医康复学角度来看,这是一种残损,是造成人体运动功能障碍的主要因素,并由此可造成其他障碍。

(二)赵杨教授的继承、创新及应用

目前,脑梗死常规护理中肢体康复得到更多的关注。但单纯实施常规护理的临床效果欠佳。在偏瘫康复训练中常有些临床问题干扰训练进程,如痉挛、疼痛等,且中风患者大多为老年,体质虚弱,中风之后元气更虚,易于疲劳,不能耐受强化训练,且训练后易于产生肌肉酸痛,不易恢复,从而影响了患者的生存质量。因此中医药、针灸及中医护理的措施干预有了很大的施展空间。在赵杨主任思想指导下,结合中医理论,科室创建了坐式偏瘫复元操在急性缺血性脑卒中偏瘫患者中的应用,通过评价急性缺血性脑卒中偏瘫患者肢体恢复及生活质量情况,制定适合我国国情的有中医护理特色的急性缺血性脑卒中偏瘫患者的康复方法,该方法也可以作为患者出院后的延续康复锻炼方法之一,同时也可以向其他医院推广应用。

二 验案举隅

某患者,男,因"言语不清伴左侧肢体活动不利21小时"于2020

年 5 月 28 日由门诊收治入院。

患者前一天下午 16 时左右，无明显诱因下出现言语欠清，左侧口角歪斜，左侧肢体活动欠利，无意识障碍，无抽搐，查头颅 CT 未见出血，为求进一步治疗由门诊收治入院。入院时，患者神清，言语欠利，左侧肢体活动欠利，无肢体麻木，NIHSS 评分 3 分，纳可，二便调，夜寐安。查体：心肺未见异常。专科查体：左上肢肌力 5−级，左下肢肌力 4 级，右侧肢体肌力 5 级，四肢肌张力正常，双侧巴宾斯基征阳性。患者入院诊断：中医诊断：中风病、风痰瘀血证，西医诊断：脑梗死急性期。治疗上考虑患者发病 24 小时内轻型卒中，予采取抗血小板聚集，活血化瘀，改善脑代谢，调脂稳定斑块等对症治疗。

入院第二天患者病情稳定，予指导坐式偏瘫复元操：第一节循经拍打：左侧上、下肢阳明经拍打；第二节穴位按摩：主穴：曲池、合谷、足三里、三阴交，辨证取穴：丰隆、中脘；第三节行坐式八段锦。

治疗七日后观察：患者言语欠利明显好转，左上肢肌力 5−级，左下肢肌力 5−级。治疗十四日后观察：患者言语欠利好转，左上肢肌力 5 级，左下肢肌力 5−级，予好转出院。

参考文献

[1]王萍,黄燕,陈敏琴,等.中医护理在脑梗死患者肢体偏瘫中对策分析[J].时珍国医国药,2016,27(5):1156−1157.

[2]张文生,张丽慧.中医对偏瘫及康复认识初探[J].中国医药学报,2001,16(5):44−46.

[3]吴桂明.穴位拍打在改善脑梗死患者肢体功能障碍的效果分析[J].当代护士(下旬刊),2018,25(9):99−100.

撤针治疗颈源性眩晕

一 临证经验

撤针是一种形似图钉状的针具，是皮内针的一种，用时将针体撤入皮下，供皮下埋藏用，可长久留针，与古时"静以久留"的意义相似。撤针治疗是中医针灸治疗的分支，为传统皮内针治疗的发展和创新。撤针疗法通过调节卫气，激发机体卫外功能，达到治病的目的，而留针的目的则在于候气或者调气，最终达到气血和调、阴阳平衡。

临床研究发现，针刺可改善患者颈部活动功能，调节椎—基底动脉血流速度，促进颈部血液循环，治疗颈源性眩晕疗效显著。撤针作为新型皮内针，与传统针刺疗法相比较具有刺激性小、作用时间持久等优点，患者乐于接受。

选穴：翳风、风池、内关。操作方法：①每次选取单侧翳风、风池、内关穴，对所选穴位进行无菌消毒；②将一次性无菌撤针垂直刺入，贴埋于相应穴位，嘱患者每日轻柔按压撤针 3～4 次，每次 1～2 分钟，以有微酸痛为佳，24～48 小时后取下；③撤针后同法换另一侧翳风、风池、内关穴，轮流使用。

（一）传统中医药对颈源性眩晕的认识

颈源性眩晕属中医"项痹、眩晕"范畴，以体位性眩晕为主要临床特征,其病机为元气亏虚、清阳不升、气血不足、精血不能上达使虚风上僭,上扰清空而发病。该病治疗以手法为主,配合药物、针灸、牵引等。其中,中药治疗以补肝肾、祛风寒、活血通络为大法,针灸治疗以通经活络亦具有良好的疗效。

(二)赵杨教授对颈源性眩晕诊治的继承、创新和应用

颈源性眩晕是颈椎退行性变而引起的一种继发性的眩晕,好发于中老年人,发作时严重影响患者的生活质量。颈源性眩晕约占急诊眩晕患者的 52%,眩晕发作给患者的生活带来严重的安全隐患。随着人口老龄化逐渐加快,年轻人不健康生活方式流行,患者日趋增多,目前临床治疗方式较多,颈源性眩晕的治疗有手术及非手术疗法,目前以非手术疗法居多。而在非手术疗法中,中药内服、针灸、推拿、小针刀等疗法更具优势,均可起到良好的改善及治疗作用。

随着近年来电子设备使用的普及,颈源性眩晕发病率逐年上升,且有年轻化的趋势,已成为影响人们生活质量和工作效率的常见疾病,所以迫切需要寻找、优化一种快速、有效、副作用小的治疗方法。在赵杨教授的指引下,本技术基于中医经络学说、阴阳学说、五行学说理论,以循证医学为导向,旨在观察揿针治疗颈源性眩晕的临床效果,为颈源性眩晕患者提供快速有效的中医非药物治疗手段。

二 验案举隅

某患者,男,46 岁,因"头昏间作 5 天"于 2020 年 1 月 31 日由门诊收治入院。

患者 5 天前晨起后觉头晕,伴视物旋转、恶心呕吐,持续 10 余秒,头晕发作与体位改变有关,为求进一步治疗由门诊收治入院。入

院时,患者头晕偶作,晨起明显,发作时伴视物旋转,持续数秒,与体位改变有关,伴四肢冰凉、双手麻木,无恶心呕吐,纳食、夜寐可,二便调。患者入院诊断:中医诊断:眩晕病、风痰上扰证。西医诊断:良性阵发性眩晕。治疗上予以完善各项检查,中药方剂拟祛风化痰,方选天麻钩藤饮加减。患者入院次日行头颅 MR,影像诊断示:C4/5、C5/6、C6/7 椎间盘突出,颈椎退变。治疗上予行揿针治疗以缓解症状。

患者治疗 5 日后,病情较前好转,头晕偶作,无视物旋转。治疗7 日后头晕未作,予好转出院。

<hr />

参考文献

[1]谭银花,张训浩.颈性眩晕的针灸治疗与护理[J].云南中医中药杂志,2017,38(5):93-95.

[2]姚志城.督脉揿针联合盐酸氟桂利嗪治疗颈性眩晕临床疗效观察[J].上海针灸杂志,2018,37(7):797-800.